KB168936

달빛 가슴에 품고

호명자·김희정

모녀 에세이집

달빛 가슴에 품고

호명자 · 김희정
모녀 에세이집

삭막한 광야에서 길을 잃고 헤매이는 어린 양처럼 60여 년 함께 하였던 가장 가까웠던 사람과 영원한 이별 후 찾아온 허탈함과 슬픔은 너무도 감당하기 힘든 고통이었습니다. 그래도 나를 사랑하는 은총의 신은 나를 감싸 안고 끝까지 불쌍히 여기며 쓰다듬어 주셨습니다. 미치도록 쓰고 또 쓰고 읽고 독서하며 문학의 굴레에서 시련과 맞서 이기도록 용기와 힘을 주셨습니다. 세상은 우리에게 기쁨도 주고 절망도 주는 희로애락의 진리를 터득하며 아무리 어려운 상황이 닥쳐와도 굳은 마음으로 살아가면 언젠가는 환희의 그날이 온다고 믿으며 희열을 느낍니다. 오래도록 기다려 주었던 나의 보물과도 같은 제4 수필집과 사랑하는 딸의 작품을 함께 세상에 상재하게 된 것도 크나큰 신의 은총이기에 무한 감사드립니다.

대양미디어

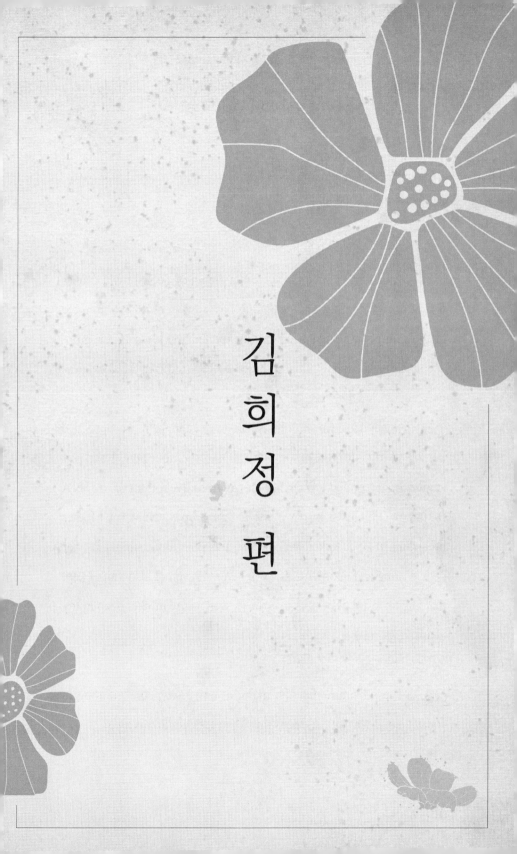

김
희
정
편

My personal celebration

My Mother and I have always had a dream of publishing a collection of essays together, and finally this has come true. Whilst I tremble at the thought of presenting my unripened works to much more accomplished writers, I have gathered courage to bring this forward.

My Mother has always been my role model and the most supportive person in my life. She has never faltered to encourage me in my studies or career and I thank her deeply from the bottom of my heart for unconditionally being by my side. I grew up watching my Mother dreaming to be a writer, an essayist and poet, unceasingly by her desk writing and taking memos wherever we went. I also think I kept that vague desire to be able to write as well as my mother deep in my heart.

As a Mass Communication major at university, concentrating in Journalism, I was able to focus my 30 year career in this area.

Of course my Mother is much more versed at literary writing than myself, but am grateful to be able to partake in this path beside her.

As I recollect my past, balancing my career with family was not an easy task and was often inexperienced at times. It is only now since I have semi-retired that I can appreciate that small luxury to ponder about the values of life and faith and portray this sentiment in my future writings.

I am grateful for all my blessings in life. I now realize that living honestly and quietly brings more happiness than worldly success or renowned fame and that there is nothing to regret in life.

I truly thank my family for being supportive in my endeavors.

Most of all, I would like to dedicate this book to my loving Father who passed away two years ago.

Your loving daughter
October 2023

책을 내면서

아직 설익은 열매의 풋풋함으로 세상 밖 어르신들에게 갖다 드리는 것과 같은 떨리는 마음이지만 용기를 내어 어머니의 작품과 함께 몇 편의 글을 올리려 하니 무어라 표현할 수 없는 어설픈 마음이 앞선다.

어릴 때부터 항상 서재 책상에서 어머니께서 글을 쓰시는 모습을 보고 자란 저에게는 그 모습이 너무 보기가 좋았으며 어린 소녀의 심정이었지만 나도 훗날 자라서 엄마처럼 글을 가까이 하고 작가가 되고 싶은 마음을 간직하고 있었다. 아마도 그 꿈이 나의 어린 소녀 시절부터 있었고 어머니는 현모양처이며 영원한 나의 롤모델이 있었다는 것을 이제야 알 것 같다.

대학교에서의 전공은 신문 방송학이었고 홍보 분야 및 학계에서 30년의 커리어를 쌓았고 현재는 학술 통·번역도 병행하면서 이제 늦게나마 엄마와 같은 문학의 길을 걷고 싶은 꿈을 간직하게 되었음을 감사하게 생각한다.

가정과 직장생활을 병행하며 정신없이 살다가 이제 퇴직하고 보니 그동안 살면서 미숙했던 부분이 너무 많았다는 점을 솔직히 고백한다. 하지만 문학을 통해서 삶의 의미와 가치를 느끼며 인생 후반의 뜻깊은 무대가 된 것에 감사함과 자부심을 갖고 살아가고 있다.

크게 성공하지 못해도 세상 곳곳에 이름을 날리지 못해도 그냥 진솔하게 조용히 살다 가는 것이 얼마나 아름다운 삶인가를 가슴에 위안으로 묻어두며 후회 없이 또한 살아가고 있다.

이 책이 출간되기까지 진심으로 응원해 주신 가족에게 감사의 글 전합니다.

무엇보다 2년 전 우리 곁을 떠나 하늘나라로 가신 아버지의 영전에 사랑하는 딸의 헌사의 책을 바칩니다.

김 희 정
2023. 10.

| CONTENTS |

|차 례|

Chapter 1

Traces of my faded memories
추억이 쌓인 흔적들

My Father

Looking out the window day by day

waiting for his beloved children

Not able to express his yearning

Just coughing and coughing

My father is standing there

like a white snowman

There are no tears in his eyes

But half of his cup is filled with tears

His tears are tears of love

He pours such unconditional love on us

Despite being hurt

"Its alright, its alright" was his way of saying

I love you

You are our first love and our last love

My dear father

How I regret being such a coward,

full of excuses

How I regret that I never said

I love you

How can I ever forget how much you

loved me

Please stay by our side always

Like a snowman that will never melt

아버지

날마다 자식들이 보고 싶어
창밖만 내다보는 아버지
그리움을 표현 못 해
헛기침만 하는 아버지
나의 아버지는
하얀 눈사람으로 서 계시네요

아버지의 눈에는 눈물이 보이지 않으나
아버지가 마시는 술잔에는
보이는 눈물이 절반이에요
아버지의 눈물은 사랑의 눈물이에요

아무 조건 없이 지순한 사랑
때로 자식들에게 상처 입어도
괜찮다 괜찮다 감싸 안으며
저 먼 산 하늘을 보시네요

우리의 첫사랑이고
마지막 사랑인 아버지

늘 핑계 많고 비겁하고
잘못 많은 우리이지만
녹지 않은 눈사람으로
오래오래 우리 곁에 계셔 주세요

My Dear Father

It is to this day that I so sorrowfully regret not having said I loved my Father when he was with us. Why did I shy away from this wonderful phrase.

My Father was a man of little words but always righteous and dignified. In his elderly years, he could not withstand aging and passed away two years ago.

As I look back on my childhood years, I realize how much he loved his only daughter so dearly. It was actually my younger brother, the only grandson in the Kim family who should have been lavished with all the attention, but I was favored over him. He would always hold my small hands and take a evening walk after dinner; I was quick to stop by the nearby store everyday to get cookies and good stuff as promised. Whilst a reserved man, he never spared his warm smile and tender love to his children.

It brings tears to my eyes as I think how immature I was. My Father never hesitated to be my "driver" to school in my teens. I was privileged to go to a private international school located in Yeon-hi-Dong which was quite a distance from our home in Hyoja-Dong (in the vicinity of the Presidential Blue House which has now been opened to the public). He would take this somewhat tedious task of driving me to school and then cross the city center again all the way east to Kyunghee University Medical University. Rain or shine, this one and a half hour drive was a huge daily task.

At that time this immature girl took all this for granted and actually grumbled and got annoyed when there was traffic, but then always got a soft reply back "wait just a little bit." He who wanted to shelter and protect his daughter from the rain, from the snow and from the wind was a kind and warm Father who poured out his love as nourishment for his two children so that they could grow up to be what we are today.

My heart and throat chokes with regret for not having said "thank you" and "I am so sorry" to my Father before he passed away.

In his later years, my Father became more quiet and would pass his time in the living room watching television. His only joy was seeing me everyday which sometimes made me sad as I saw his warm smile hiden in deep wrinkles. As his eyesight deteriorated due to macular degeneration, he had to put down reading books and newspapers.

How he looked forward to seeing his children and grandchildren and counted the days toward the next visit. Despite all said, my father lived a happy life surrounded by our family, especially by my ever devoted mother.

There are no words to describe the sacrifice and devotion my mother poured upon my father to care for him at home as he became more frail with aging. He would whisper ever so quietly "sorry, I am so sorry." For what though? My loving father, he is no longer with us now. How I miss him, even those sad moments before he passed away.

Sincerely, Your daughter

아버지의 추억

　생전에 아버지에게 사랑한다는 말 한마디 부끄럽고 어색하여 하지 않았던 딸이 이제야 뉘우침에 후회만 한다. 아버지의 추억이 그리워지니 아마 나도 철이 좀 들어가나 보다.

　항상 말씀이 별로 없으시면서 올곧고 품위 있는 자세로 지내셨던 나의 아버지도 가는 세월을 이기지 못하고 생로병사의 터널을 지나 저세상으로 보내 드린 지 2년이 지나갔다.

　나의 아버지는 편애가 심하셨다.
　내가 첫 딸이어서 그런지 나만 사랑하셨던 딸 바보 아빠였다. 집안에 하나밖에 없는 귀한 손자 남동생이 있는데도 나를 많이 사랑하셨다. 병원 퇴근 후 저녁 식사를 마친 후에는 내 작은 손 꼭 붙잡고 동네 한 바퀴 돌면서 그때는 슈퍼가 아닌 구멍가게에서 내가 좋아하는 과자 군것질을 한 묶음 사 주시고 들어오는 것이 하루의 즐거움이셨나 보다. 내 유년기 어린 기억 속에도 아버지는 과묵하면서도 항상 우리에게 자애로운 미소가 넘치시는 다정한 아버지였다.

내가 초등학교 마칠 때쯤 아버지는 미국 유학 마치고 우리 식구는 함께 서울로 돌아와서부터는 나의 운전기사를 자청하셨던 아버지. 매일 아침 일찍 효자동 집에서 연희동에 있는 학교에 내려다 준 후 다시 시내로 들어와 삼일고가대로(지금은 철거함)를 타고 휘경동에 있는 직장인 경희의료원까지 그 멀고 긴 거리를 오직 사랑과 정성으로 딸의 운전기사 노릇을 하셨던 딸 바보 아빠.

　철없던 나는 아빠에게 미안한 생각은 조금도 하지 않고 길이 막히면 투덜대고 짜증만 냈던 못된 딸이었다. 그럴 때마다 아빠는 잠자코 앞만 보시면서 "조금만 기다려" 한마디만 하시고 운전만 하셨다. 비가 오면 맞을까 눈이 오면 미끄러질까 바람 불면 날아갈까 걱정하시며 자애로우신 눈빛과 따뜻한 손길로 감싸 주시던 나의 아빠… 부어도 부어도 채워지지 않는 자식 사랑의 자양분을 싹이 틀 때까지 묵묵히 지켜보면서 오직 두 남매가 잘되기만을 기원하며 사셨던 분이다.

　아빠의 사랑의 만분의 일이라도 갚아 드리지 못하고 저세상으로 보내드린 한 맺힌 나의 죄스러움에 목이 메인다.

　말년의 아버지는 말씀이 별로 없으셨다. 항상 입을 꾹 다물고 거실 소파에 앉아 TV만 보시다가 내가 찾아가면 딸을 만난 반가움에 한껏 웃으실 때엔 아빠의 얼굴에 깊게 패인 주름이 더 깊어 보였다.

좋아하시던 독서와 신문마저도 말년에는 황반변성이라는 노인성 안과 질환이 찾아와 눈이 침침해지면서 볼 수 없었으니 오직 딸과 아들 식구 손자 손녀들을 만나는 것만이 큰 낙으로 삼고 사셨다. 아버지는 가족 품에서 행복하게 사시다 가셨다.

　엄마의 정성 어린 사랑의 간호로 항상 아빠 옆을 보살피며 헌신한 엄마의 지성 또한 하늘이 아빠에게 주신 은총이었다. 가끔 우리에게 무엇이 미안한지 "미안해… 미안해" 하신 그 애틋한 모습도 먼 길 떠나 볼 수 없어져서야 그리워지듯이 정말 그리워진다.
　하늘에서 늘 저희를 위해 기도 해주세요.

　사랑하는 나의 아버지

딸 희정 올림

Summer in Monhegan

I cherish my memories of wonderful summers spent with my "American" grandparents Aart and Helene, on a beautiful island about 10 miles off the coast of Maine, only accessible by a ferry from the coastal town of Port Clyde.

This well preserved nature land was like a green forest popped out of nowhere in the Atlantic Ocean. This was where I spent my summer vacation at my grandparents' summer home for three years from when I was 5. How lucky was this little girl to have the whole island as her garden to run and play and swim as she wished. How could I ever forget those fond memories of spending every summer for three months with them.

Monhegan situated about 10 miles (16 Km) off the coast of Maine is renowned to this day for its beauty and simplicity, preserved like a jungle. There are no cars and is totally a walking island where hiking is a breathtaking activity. Besides the few residents, this island is a summer home for middle class New England Americans who want to spend a couple months a year in a tranquil environment.

It is always wonderful to recollect faded memories going back almost 60 years. My father, after finishing his dental residency at Seoul National University went to pursue his dental Ph.D. at University of Michigan, Ann Arbor in the mid 1960's. My mother and I went together to the U.S. but we had to leave behind my little brother who was only 3 years old with my paternal grandparents, something that is incomprehensible in this day and age but had its reasons.

We adjusted to this university campus town fairly quickly, although I remember my father was always pressured by academic demands and seminars to study at this prestigious university. Those memories actually fostered dreams in me to become a Michigan alumni almost 15 years later.

Everything was amazing and abundant in the eyes of a little girl arriving in America, so different from the country that I came from. I remember that our Friday grocery shopping day was almost like heaven. The supermarket was packed with stuff that I had not seen in Korea, and so I grabbed everything in sight, cookies, fruit, candy, etc. I would stuff our shopping cart so much that I was resisted often to my despair.

Kindergarten was also fun and kids at that age were so nice with no prejudices and learning English at 5 was quite simple. However, summer vacation came by in June for three long months. My mother (who was lucky to find a job as a librarian at the Graduate Main Library) was frantic about how to take care of me throughout the long summer break. She was bold enough to ask my American grandparents (who were guardians during her college days in the U.S. before marriage) for help, and they gladly welcomed me to come stay with them.

Off I went on a plane "solo" from Detroit to New York City to their home in Manhattan. Aart was a retired ship captain and Helene a retired nurse. They lived in New York and always spent 3-4 months in their summer home in Monhegan to get away from the horrific Manhattan heat.

Of course I met them often as they visited us in Ann Arbor frequently, but no words could describe my happiness when meeting them by myself at LaGuardia Airport. Even to this day, I cherish the love that they poured on me, not related by even one drop of blood but almost like an adopted grandchild.

Off we went the next day from Manhattan, stopping one day in Boston and then to Port Clyde, Maine to ride the one hour ferry to Monhegan Island. Boston is of course a historic city but the ferry ride and seeing Monhegan harbor was breath taking. Such a small and rocky island with such cute cottages overlooking the Atlantic Ocean on the steep walk from the pier was such a magnificent sight.

Grandma's strict rules applied once we arrived at their house. I had to make my bed every morning, run errands to the store and help out with household chores. Always gentle and polite, she instilled her strong ethics and pragmatic education style in me. I never doubt that this early learning experience was a foundation that has stayed with me my whole life.

One day, Grandma suggested I should start delivering the morning newspaper for our neighbors, and in return I would receive a weekly allowance. I wondered if this was possible for a 6 year old, but Grandma reassured me and showed me what to do step by step··· I would go meet the first ferry at the pier and receive the newspapers for our neighbors. This was surely a long walk for a little child about 40 minutes every morning from home to meet the boat that had all the daily necessities, groceries, postal service, etc. for the island. I would then stuff my sack and go off frivolously to meet our neighbors. I remember that I would save every 25 cents (quarter) received from each neighbor per week in my little tin box and after a while it seemed like so much money. I probably learned that saving is formed from habit at this age. I was such a happy little girl greeting everyone "good morning", talking incessitantly and running all over the island as if my own.

In the afternoon, I would go fishing every day with Grandpa. He was an avid fisher who was a captain of large vessels in his prime years. Catch was abundant in the clean blue sea. All that was needed was some bait and we would have halibut, sea bream and everything you could catch in the Atlantic Ocean coming toward us. Fresh fish was our dinner and my job was to help Grandma share the catch with our neighbors.

My fond memories of Monhegan are of course the nature but more so from the warmth I received from everyone.

Those fainted memories always bring back a smile. How I wish I could visit Monhegan again. That yearning urge nags at me. A nature's wonderland with birds chirping all around us was where I was lucky to spend my youth and dream about the bright future that lay before me.

In no time at all, cool breezes would come and fall was upon us. It was time to pack and arrange and lock the house so that it could withstand the Maine winter for the next nine months. It was time to say tearful goodbyes to Grandma and Grandpa at Boston Airport as I went back to Michigan back to my parents, and of course promised our next summer in Monhegan. I often think what kind of relationship could be so heaven made? Blue-eyed Americans who poured their love on a cute Korean girl like their own and took care of and disciplined her is inspiring and thankful in its own right.

Grandma and Grandpa would often visit us in Michigan and later on in Korea after my Father finished his doctoral studies in the U.S. Even in my teens, my hope was to go back to study in the U.S. and fortunately was able to stay with Grandma during vacations in college. Grandpa had already passed away and my time with her was a consolation.

I will cherish those precious memories from almost 60 years ago in my heart forever.

몬희간 섬에 추억을 심다

🍂

미국 동부 메인(Maine)주, 대서양의 외딴섬… 그림같이 오뚝 서 있는 몬희간(Monhegan) 섬에서 나는 6살 때부터 3년간 여름방학 때마다 미국 헬렌 할머니와 알트 할아버지와 함께 유년의 꿈같은 시절을 보냈다.

사방은 푸른 바다가 출렁이며 섬 전체가 푸른 숲속의 초원으로 둘러싸인 그림 같은 작은 섬. 어린 소녀 시절 3년의 여름방학을 동네 아이들과 자연을 벗 삼아 뛰어놀던 그 시절이 내 머릿속에 입력되어 못내 그리워진다.

그 시절이나 현재도 자동차도 오토바이도 트랙터도 없는 순수한 자연환경 그대로 보존되어있는 섬이다. 깊은 우림 같은 산속에는 태고적 모습이 아니었을까 싶을 정도로 사람의 발길이 닿지 않아서인지 정글을 보는 듯하였다. 오직 태평양 바다로 둘러싸인 자연들로 섬의 향연을 이룬 자그마한 몬희간 섬이다. 미국 동부 메인주 포트 클라이드(Port Clyde) 항구에서 약 16킬로 떨어진 바다 한가운데

예쁘게 솟아올라 있다. 이곳은 미국 부호가 아닌 중산층들이 여름 별장들을 예쁘게 지었고 연중 살고 있는 원주민들은 몇 가구 없는 것으로 알고 있다.

내가 어떻게 어린 시절 여름방학 3년을 미국 할머니 할아버지 따라 이곳에 왔는지 옛 시절의 기억을 더듬어 보며 빛바랜 추억을 회상해 보려 한다. 1960년대 중반경 아빠가 서울대학교병원 수련의를 마친 후 미국 미시간대학교(University of Michigan at Ann Arbor) 치과대학으로 유학을 떠나며 나와 엄마 우리 세 식구가 함께 갔다. 그때 난 5살 그리고 한참 개구쟁이 동생은 3살이라 엄마는 친할머니한테 봐달라고 부탁드리고 우리 세 식구는 아빠의 유학길에 함께 동참하였다. 그 당시 먼 유학길을 떠나는 젊은 부부가 어린 아들을 떼어 놓고 간다는 것은 그때나 지금이나 정서에 맞지는 않아 훗날에도 부모님께서 많이 후회를 하시곤 했다.

인구 약 10만 명의 작은 대학 소도시 앤아버에서 정착하기까지 약간의 시간이 걸렸지만, 가족이 함께 모여 단란하게 살았다. 모든 것이 우리나라와 비교해 풍족하고 내 눈에는 잘사는 미국이라는 나라가 신기해 보이고 가보지 못한 천국 같기만 하였다. 슈퍼마켓에 가면 산처럼 쌓여 있는 맛있는 과일과 과자류 음식은 왜 그리 많은지… 60년대 우리나라에서 구경도 못했던 음식들 사러 부모님과 금요일 장보러 가는 것이 큰 즐거움이었다.

차츰 초등학교 1학년 생활에 적응해 가며 익숙해질 무렵 6월이라는 여름방학의 복병이 찾아왔다. 엄마도 직장에 나가시고(대학교 중앙도서관) 여름 3개월의 긴 방학을 걱정하다 할 수 없이 결단을 내렸다. 엄마가 결혼 전 미국 유학 시절 많은 도움을 받았으며 제가 태어나서도 가족처럼 친근한 미국 헬렌 할머니한테 도움을 요청하였다. 내가 여름방학 3개월을 혼자 있어야 하니 좀 봐달라고 사정하니 헬렌 할머니는 당장 비행기 태워 뉴욕으로 보내라고 흔쾌히 승낙하셨다.

뉴욕 라과디아 공항에서 오랜만에 헬렌 할머니와 알트 할아버지를 만났을 때의 반가움은 이루 말할 수 없었다. 피 한 방울 섞이지 않은 미국 할머니 할아버지의 사랑은 60여 년이 지난 지금까지도 내 마음속에 간직하고 있는 가장 그립고 소중한 추억이다.

가마솥 같은 뉴욕 맨하탄의 무더위를 피하여 우리 세 식구는 할머니 별장이 있는 몬희간 섬으로 갔다. 미국 동북부에 역사적인 항구 도시 보스톤에서 1박을 한 후 섬으로 가는 배를 타려고 메인(Maine)주 작은 항구로 갈 때 고풍스럽고 아름다운 도시에 압도당하여 입을 다물 수가 없었다. 그리고 난생처음 와보는 그림 같은 미국의 아름다운 섬이라는 고장이 나에게는 한껏 정겨운 첫인상이었다.

오솔길 넘어 별장이 있는 집까지 도착한 순간부터 할머니의 엄격한 교육 방침이 시작되었다. 내 방 청소는 물론이며 할머니와 식사 준비와 심부름, 기타 모든 내가 할 수 있는 일은 할머니의 온화하면서도 철저한 교육 방침은 훗날 내가 살아오면서 삶의 주춧돌이 되어 주었고 바르게 열심히 살아가라는 길잡이가 되었다. 하루는 할머니가 아침마다 신문이나 우편물 배달을 해 보는 게 어떻겠냐고 물었다. 어린 내가 신문 배달을 어떻게 하느냐고 물어보니 아침마다 새벽 일찍 들어오는 첫 배에서 신문을 받아 할머니의 친한 친구 몇 집을 소개해 줄 테니 돌려 보라고 말씀하셨다.

물론 뒤에서 모든 주선과 연락은 할머니가 해 주시고 나는 그냥 매일 아침 일찍 부두에 나가 신문을 받아 구독하는 집에 돌리기만 하면 되었다. 그 전까지는 각자가 포구에 나가 개인적으로 신문을 부두에서 받은 것 같았다. 보수는 정확히는 기억나지 않지만 아마도 그때 미국 돈 25센트(quarter) 같았다. 일주일에 한 번 받는 그 25센트는 나에게 엄청 큰돈이었다. 매주 모으는 재미도 쏠쏠했고 어린 나한테 자립심을 키워주는 첫 단추라고 생각한다.

꼬불탕 비포장 섬길을 망둥이처럼 뛰고 넘고 하면서 널찍한 가방에 신문을 가득 메고 newspaper 소리치며 다녔던 1학년 어린 소녀. 무엇이 그리 신났던지 지나가고 만나는 사람마다 good morning 인사하면서 섬 전체가 내 것인 양 마냥 행복했던 그 시절이 눈에 가물거린다.

이제는 내 마음의 추억이 되어버린 그곳을 언제 다시 한번 가볼 수 있을지 생각만 해도 그리움이 샘솟는다. 섬마을 전체가 숲속이라고 할 정도로 맑고 깨끗한 천혜의 고장에서 각종 이름 모를 새들이 온종일 지저귀는 지상 최대의 낙원! 그곳에서 나는 유년의 무지개의 꿈을 키우며 미래의 나의 보랏빛 세계를 설계하였던 깜찍한 소녀였다.

오후에는 할아버지를 따라 바다낚시를 갔다. 할아버지는 원래 큰 유조선 선장 출신이었고 낚시광이어서 섬에 할아버지 낚시 배가 따로 있었다. 널 푸른 대서양 한복판에 각종 수산물의 보고인 청정 해역에 낚싯대에 미끼만 끼워 던져도 가자미, 도미 등 이름 모를 생선들이 벌떼처럼 몰려들었다. 한 시간만 낚시해도 큰 양동이에 고기가 수북이 담겼다. 생선들을 집에 가져온 후 할머니의 지시에 따라 이집 저집 나누어 주는 것도 내 임무였다.

어느덧 서늘한 바람이 불어오는 9월 초가 되면 섬 생활을 마치고 집을 정리 정돈한 후 보스턴으로 나가 이동하여 나는 부모님이 계신 미시간으로, 두 분은 뉴욕으로 다음 해 여름을 기약하고 보스턴 공항에서 눈물의 이별을 하였다. 사람과 사람의 인연이란 하늘이 내려주는 것. 피 한 방울 섞이지 않은 파란 눈의 미국 할머니 할아버지. 그분들도 인생 황혼기에 귀여운 동양 아이를 보살펴 주며 외롭지 않게 말년을 보냈듯이 나 또한 두 분의 사랑 속에서 어린 소녀 시절을 외국에서 사랑받으며 지낸 것이 감사하다.

두 분이 돌아가시기 전까지는 우리 부모님은 미시간대학교와 한국으로 초청하여 즐거운 만남을 오래도록 이어갔고 훗날 내가 자라 대학생이 되어 미시간대학교로 유학 갔을 때는 방학 때마다 뉴욕으로 가서 할머니와 함께 지냈다. 할아버지는 그때 이미 고인이 되셨고 할머니만 쓸쓸히 계셨기에 내가 있으니 큰 위로가 된다고 좋아하시던 모습이 눈에 선하다.

이제 반세기 넘는 시간이 지나 한 세대가 지나가고 그분들과의 인연도 먼 지난날 구름 속의 옛일로 회상되어 가지만 내 가슴에 남아 있는 보랏빛 추억은 영원히 간직하며 살고 있다.

The day my son went to the army

Today is such a special day. My son is enlisting in the army to serve his two year duty to the nation. When he visited his grandparents to say his final farewell, my eyes started to tingle as I felt a surge of mixed emotions. He looked so bold with his new haircut, a little bald, but so manly with his distinct fair complexion. I was so proud that my only son has grown up to become a young man.

Even now my eyes tear when I recollect how my son was born seven years into my marriage. How we waited for so long. My doctor said I should be very careful during my pregnancy but unfortunately my son was born about three months premature due to job stress.

After being hospitalized for over a month, I was so heartbroken the day he was born, too premature. How fate could be so cold hearted. I barely could hear the doctor say I delivered a son as he was whisked directly to the neonatal intensive care unit. I was sent directly to the hospital room and was not able to see my newborn baby.

I was totally devastated. All I could think of was "could this tiny human being born three months premature survive?" Whilst I suffered somewhat from postpartum depression after coming home from the hospital, my parents visited the hospital daily. All I could do was pray desperately for his health so that my little Jonathan could live. I would choke with tears everyday. Once I recovered, I too visited my son daily and it was heart breakening to see this tiny baby poked with so many injections fighting for every breath.

The doctors in neonatal care were miraculous and so kind. They would call us daily saying that my baby gained so and so many grams and was recovering. What joyful news. After two long months in the incubator, he was finally able to come home at 2.4 kilograms.

Was there such a time in my life when I prayed so earnestly and God really answered my prayers. We were overjoyed that my son was in my arms and my parents helped me raise my son with all the love and care in the world. He was much weaker than his peers until he entered elementary school and I could never put my mind at ease.

I even put my career aside for a couple years to raise my child full time.

Gradually he became healthier and grew up to be a very diligent boy and became the pride and joy of our life. He studied well and went on to a good university. How time has passed so quickly that my son is already in his mid-20's and is going to serve in the army. I wanted to accompany him to the Nonsan Training Camp and see him off, but he jokingly refused adamantly saying that I would be too emotional. Probably going with his friends to see him off was more fun.

Nonsan Training Camp. This rings long past memories in my mind. Over forty years ago, I remember my mother crying over the phone when I was going to university in the U.S. saying my brother would be going to the army. At that time the mandatory army term was three long years. She said she prayed daily at dawn for her son's safety. The thought of sending their precious sons into military service, the feelings of anxiety and fear are natural for any mother. To put it more explicitly, "will my son be able to endure the long time without any accident" probably describes the sentiment of all mothers in Korea.

Nonsan is where patriotism and love of their country grows for young men. And where our sons start their mandatory service to the nation. I am so proud to see my grown up son departing so boldly even reassuring us that he will return soon.

내 아들이 군입대 하던 날

드디어 내 아들이 군에 입대한다.

머리를 빡빡 깎고 할아버지 할머니 댁에 인사드리러 갔다 왔다며 늠름하게 들어오는 아들을 바라보니 대견하기도 하며 한편 만감이 서린다. 세상에 하나밖에 없는 내 아들. 하얀 이목구비에 착하고 성실하게 자란 아들. 오늘따라 그 모습이 무척 자랑스럽게 보인다. 어느 사이 저렇게 씩씩하게 자라 군에 입대한다니 대한민국 청년으로서 자부심과 함께 만감이 스쳐온다. 한편 아들과 나의 지난날을 회상해 보며 힘들었던 아들의 탄생이 오버랩 되어 눈가에 이슬이 맺힌다.

아들은 결혼 7년 만에 얻은 귀한 자식이다. 의사 선생님 말씀에 따라 항상 조심하며 지냈지만 직장 생활의 고단함과 스트레스 때문에 임신 8개월 만에 조산하였다. 매몰찬 신은 우리 모자에게 너무도 가혹한 형벌을 주셨기에 아들이 태어나자마자 산소호흡기 달린 인큐베이터 속으로 들어가고 나는 태어난 아기를 보지도 못한 채 입원실로 갔다. 일주일 후 나는 퇴원했지만 아기가 인큐베이터에서 지낸

2개월간 나는 친정에서 지내며 견딜 수 없는 좌절감과 안타까움에 빠졌다. 매일 아들이 건강하게 살아오기를 기도하며 지냈다.

산후 후유증으로 건강이 좋지 못한 나를 대신해 친정 부모님은 매일 신생아 중환자실을 방문하여 아기의 상태를 보면서 무사히 건강해지기 바라며 지냈다. 담당 주치의는 무척 친절하여 매일 저녁때 전화를 주셔서 아기가 몇 그램 체중이 늘었다는 등 알려주었다. 내가 회복하고 처음 아기를 면회하러 간 순간, 그 심정을 어떻게 표현하여 해야 할지 애가 끊어지는 단장의 아픔이란 것을! 그 작은 몸에 주사기를 주렁주렁 매달고 인큐베이터 속에서 생과 싸우고 있는 아기를 한 달 만에 모자 상봉 면회했을 때의 심정은 가슴을 도려내는 듯한 아픔이었다.

하지만 하느님은 우리를 많이 사랑해주셨다. 의료진과 우리 부모님 우리 부부의 정성과 간절함 속에서 드디어 아기의 몸무게 2.4kg으로 두 달 반 만에 퇴원하였다. 워낙 허약하게 태어난 아기라 초등학교 입학할 때까지 병치레를 하며 자랐기에 내 마음은 항상 애간장 태우며 지냈다. 다치면 쓰러질까 불면 날아갈까 하는 심정으로 키웠다.

그 아이가 성실하게 자라 우리 부부의 기쁨과 즐거움을 가져다주었으며 무난히 공부도 잘했고 대학에 진학하였다. 그 아들이 건강하게 자라 이제 국방의 의무를 지키려 군에 입대한다. 함께 논산 훈련소까지가 연병장에서 손 흔드는 모습도 바라보고 싶었지만 아들은 친구들과 함께 가는 것이 즐거운지 기쁘게 보내주었다.

논산 훈련소

우리 가족에게는 두 번째 인연이 있는 장소이다. 45여 년 전 외아들인 남동생이 군입대할 때 친정엄마가 몹시도 우셨던 기억이 난다. 그때는 훈련소가 열악한 환경이어서 엄마가 동생 걱정에 매일 우셨다고 한다. 그 시절 지금처럼 통신 시설 없고 연락도 못 하고 잘 갔는지 걱정만 앞섰다. 엄마는 매일 새벽마다 촛불 키고 아들 위해 기도만 하셨다 한다.

이젠 내 아들이 군에 입대한다니 세월의 빠른 흐름에 새삼 실감한다. 세상 모든 어머니 심정은 같다고 본다. 옛날 어머니들처럼 장독대에 정화수 놓고 기도는 하지 않더라도 고귀한 모성애는 예전과 다름없다. 다행히 시대가 좋아져서 훈련소에서 단체 사진도 날라오고 부대 공식 메일로 편지도 허락한다. 신기하다.

논산 훈련소. 그곳이야말로 대한민국 남자들에게 국가관을 심어주는 곳 충성 애국의 훈련장이며 남자로서 꼭 가야만 할 곳이기도 하다.

그곳을 향하여 장하게 가는 내 아들이 의젓하고 대견스럽다.

As thee came in light

In memory of Pope Francis' visit to Korea- Aug. 2014

We await you with trembling hearts

As if preparing a flower laden sedan

We will sprinkle our love with utmost sincerity

Upon the path you will take

You have bestowed your love and hope to everyone

To those who are lost in darkness, to those who are

scarred in a thorny path

You are here to hold our spirit

As thee came in light

You are here to light up the darkness

Pope Francis, you are truly the living Lord

As a friend to the poor and suffering,

You are truly our savior

In honor of the great apostle of salvation

For a divided nation like ours, the visit of Pope Francis was truly significant; moreso since it has been 25 years since the last visit of a Pope. He came to give us the message of peace, love and hope to this land of martyrdom. Even the clear skies welcomed the Pope to this nation. This was a day of celebration for Catholics whether believers or not and for most everyone in Korea.

The crowd was already waiting to welcome Pope Francis at Seoul Air Base, but this day was different than any other visit from a foreign Chief of State. The welcoming crowd were all average citizens. As the Pope's plane started descending, President Park Geun-hye walked towards the plane to welcome the Pope.

At last, the trap opened and we all could hear the roaring sounds of welcome from the crowds at the airport, and seemingly from the whole nation. Whether believers or not, everyone had an ardent desire to welcome this tranquil servant of God to Korea. After a short welcome ceremony, Pope Francis started his five day journey to Korea in a most modest compact car, Soul (manufactured by Kia Motors).

He started on his journey spreading his message of love and peace. "I love Korea" was his words everywhere he went. Our earnest desire was to feel his divine Holy Spirit and we prayed for his health in the humid August weather. The first visit was to Haemi Shrine, a painful place in history where Catholics were so ruthlessly executed, and next to Solmoe Shrine, the birthplace of Daegon Kim the first Catholic priest of Korea. One of the main gatherings was an inspirational event where hundreds of Asian youths gathered to hear the Pope speak at the World Youth Festival 2014.

Words cannot describe the blessings and inspiration we received moment by moment from the Pope's messages even during this short visit. The highlight of the visit was the beautification mass in Kwanghwamun Plaza. What a magnificent sight. Actually every Catholic church in Korea was allocated only a certain number of seats a couple of months before the mass, but the crowds understandingly exceeded the allowed limit. On that day the whole area, even reaching out towards City Hall and every avenue leading to Kwanghwamun was jam packed. As the whole world watched via live broadcast, Pope Francis commenced to the podium from two kilometers away, halting the car to hold hands, hugging children and blessing thousands of people on the street. This was such a touching moment that brought tears to our face.

Your inspiring messages of peace, love and hope certainly touched our hearts and to believers of all religious orders and atheists alike; we will cherish this in our hearts forever.

"Love those who have not what you have"

Pope Francis, your 100 hours in Korea was truly a blessing.

We thank you from the bottom of our hearts.

빛으로 오신 님

꽃가마 준비하고 설레이는 마음으로

당신을 맞이하겠습니다

우리 사랑과 정성 어린 뜻 모아 마음의 꽃가루를

당신의 오시는 길 뿌려 놓겠습니다.

당신은 온 세상 모든 이들에게 따뜻한 희망을 주셨습니다

어두움 속에서 길을 잃고 헤매며 가시밭길에서

상처 입은 우리 영혼의 손을 잡아 주시러 오십니다

빛으로 오신 님

어두움 속에서 빛을 봅니다

프란치스코 교황님

진정 당신은 살아 있는 하느님이십니다

낮은 곳 힘들고 가난한 이들의 벗으로 다가오시는

진정 당신은 살아 있는 예수님이십니다

구원의 사도 그분이 오시는 날

남북으로 갈라진 우리나라, 우리 민족에게 복음의 기쁨과 평화의 사랑을 전하려고 순교의 땅 한국으로 오시던 날은 날씨마저 화창하고 천주교 신자를 비롯한 일반 시민들 모두가 흥분과 환영의 하루였다. 서울 공항에는 이미 많은 환영객이 교황님을 맞이하러 기다리고 있었지만, 예전과 다른 것은 대부분 소시민들이었다.

마침내, 교황님이 타신 전세기가 서울 공항을 선회할 때쯤 어디선가 기다리고 계시던 박근혜 대통령이 교황님을 맞이하러 걸어가는 모습은 감동적이었다. 비행기 문이 열리고 하얀 성의 입으신 교황님이 선하고 미소 띤 모습으로 내리실 때는 온 나라가 열광하였다. 25년 만에 교황의 방한! 공항 환영식도 그분 뜻대로 간소하게 마친 후 아주 작은 쏘울(기아차)을 타시고 4박 5일간의 한국순례 여정이 시작되었다.

'나는 한국을 사랑한다'라고 말씀하시는 교황님
가시는 곳곳마다 성령의 불꽃 피워 주시고 건강하게 하소서. 이 땅의 모든 가톨릭 신자들의 열망이었다.

다음날부터 연로하신 노구의 몸으로 8월의 무더운 날씨와 함께 평화와 사랑의 메시지를 전하기 위해 순례의 길을 시작했다. 천주교 신자들의 잔혹한 처형의 장소이며 아픈 역사의 현장 혜미성지 그리고 우리나라에서 첫 신부로 탄생한 김대건 신부님의 탄생지 솔뫼성지에서 가톨릭 세계청년대회를 처음으로 아시아에서 개최하여 새로운 복음화 계기를 마련해주신 교황님. 가시는 곳곳마다 눈부신 은총의 순간들을 어찌 글로 다 표현하겠는가. 광화문 광장에서의 시복식(거룩한 삶으로 순교한 성자라는 뜻) 미사는 하느님께서 한국 천주교에 기적을 내리신 축복이다. 온 세계가 공중파로 지켜보는 가운데 각 외신마다 교황님의 겸손하고 검소한 행보는 찬탄의 기사를 아끼지 않았다.

사복식 미사 장소로 가시는 2㎞ 거리, 곳곳 순간마다 멈추어 어린이들의 머리를 쓰다듬어 주시고 껴안아 주시는 교황님의 모습은 살아 있는 예수님을 만난 듯 가슴 뭉클했다. 교황님의 이번 한반도 방한 순례는 모든 종파를 초월하여 또한 무신론자라 하여도 그들 각자 마음에 큰 파문을 던지셨을 것이다.

교황님!
교황님께서 이 땅에 뿌리시고 가신 평화와 사랑의 메시지는 우리 영원히 마음에 담고 살아가겠습니다. 가난한 자와 낮은 이들을 더 사랑하라는 교황님의 말씀은 저희에게 더 큰 울림의 은혜의 말씀이었습니다.
교황님이 한국에 계셨던 100시간 동안 너무 고맙고 행복했습니다.

안녕히 가십시오 성 프란치스코 교황님

2014. 8.

An inspirational speaker

I have always been fascinated by Barack Obama, the 44th President of the United States. To be more precise, I am enormously inspired by his speech style and how he portrays himself. He is truly a courageous person who has created "something" out of nothing overcoming all obstacles in his life.

When Obama first came to political light in 2008, it could be said that most people did not regard him importantly. He won the Democratic presidential nomination from Hilary Clinton, but this was nothing compared to the fight he would be up for with the strong and well-known Republican nominee, John McCain.

How could I in an Asian nation half way around the world minutely know the political situation in another country. However this was the presidential election of one of the world powers, and what an exciting moment for me who has always been interested to know more about world economics and politics.

Exactly when we do not know, but the American people's perception was changing. His smooth rhetoric was moving audiences and opening hearts. Miraculously he won over all prejudice and discrimination to become the first black president in U.S. history.

Born between an African father and white mother, Obama's early years was far from prosperous. As his father went back to Kenya and his mother remarried, there was probably no choice but to be raised by his maternal grandmother. His teen years was probably similar to other black teenagers scarred by drugs and alcohol.

However, he realized his inner strength that shed light on his political aspirations. After graduating from Columbia University and Harvard Law School, he entered politics and started to make remarkable transformations in the political arena.

Once in office, what could be more harmonious than appointing Hilary Clinton to Secretary of State, his former Democratic rival. This revealed his broad mindness and mastered in changing our perceptions. America is a cosmopolitan country with diverse races, diverse religions, and diverse cultures. I truly believe it is the ambitious and strong political leadership of Obama that is guiding America without any disruption.

Lets think about one of President Obama's most recent speeches. He spoke about Korea and how Americans should learn about the educational aspirations of Korean parents for their children. I hesitantly wondered how much could Obama know about the sentiments of Korean parents. But I was wrong, he certainly knew. I was moved by what he wrote in his biography: this was in 2008 during his election race and was in Harlem, New York City. It was on a weekend, only one store was open and he could see that a couple was working diligently. He stopped by to speak with the store owner who said that they were immigrants from Korea, and who were so proud of their two sons going to Columbia and Harvard. Obama recollects that he saw Korea in another light, and was impressed by how honestly and confidently these people were making a living. Maybe perhaps this positive impression he encountered in Harlem, amongst others, paved the way for more friendlier Korean-American relations and stronger support in the midst of the Chonam Fleet and Yeonpyeongdo shelling incidents.

Why amongst so many other nations has Obama praised Korea and its educational system? The key may be with Professor Linda Darling- Hammond of Stanford University. As one of the foremost advisors in the election camp, Professor Hammond published research on the strict educational system and high college entrance rates in Korea. It is known that one of Obama's main objectives was to increase the academic standards of the American people.

There was another incident not very long ago after the firing in Arizona during the memorial that Obama moved the American people to their hearts. His speech touched so many people and smoothly stopped the political strife that was going on. The touching speech that was seen by the whole world truly touched all our hearts. Obama was the first president in history to be applauded over 70 times in his one hour speech by all the senators in both parties, showing that harmony overrules strife.

One of the most memorable speeches of Obama instills hope: "whoever you are, wherever you are from, you can realize the American Dream, and I am standing here before you to exemplify that you can accomplish your dream if you try." At the time, democratic senator John McCain was so moved he said he was proud that Obama was the American president.

On another reflection, I long for the day when our country will have such a great leader that can touch our hearts with a miraculous speech, that can empathize with and unify people in times of crisis. I am sure that we will be a better nation when that day comes.

역발상의 명수 오바마

미국 제44대 대통령 버락 오바마(Barack Obama).

어느 날 갑자기 혜성처럼 미국 정치사회에 나타난 흑인 대통령 오바마를 흠모하기 시작하였으며 나는 그의 팬이 되고 말았다.

그의 언변과 모든 행동에 매혹되었으며 그는 무에서 유를 이룩한 의지의 사나이 인간 승리자이기에… 솔직히 2008년 대선 당시, 미국 정치사에 홀연히 나타난 흑인 대통령 후보 오바마를 그리 대수롭지 않게 생각하였다. 유명한 정치구단의 공화당 후보 존 매케인 상원의원, 또 민주당 힐러리 클린턴 후보와 경쟁을 겨룬 정치 풋내기인 그가 비교가 되지 않았기 때문이다.

어느 날부터인가 그에 대한 인식이 달라지고 있었다. 그의 매끄러운 언변과 연설은 사람을 매혹시키며 긍정적으로 변화시키는 조화의 달변가이기도 하였다. 마침내 그는 미국 사회의 편견과 차별을 딛고 일어선 미국의 최초 흑인 대통령, 인생역전 드라마를 펼쳐낸 인물이었다.

유창한 말솜씨와 재능을 살려 성공한 우리 시대의 인물 화합의 명수였다.

흑인 아버지와 백인 어머니 사이에서 태어난 오바마는 참으로 불우한 어린 시절을 보냈다. 본국 케냐로 돌아간 아버지와 재가한 어머니 대신 외할머니 손에서 자랐지만 외로움에 한때 술과 마약을 한 사춘기의 성장 과정은 비슷한 또래의 미국 흑인 청소년들과 다를 바 없었을 것 같다.

그러나 차츰 그의 내면의 정치적 성장 에너지와 천부적인 인화의 자양분을 품고 오바마의 무한한 도전과 가능성은 빛을 발휘하기 시작하였다. 마침내 콜럼비아 대학(국제정치학)과 하버드 법대를 나와 정치에 입문 후, 미국 정치사에 일대 변화를 일으키고 말았다.

대통령 취임 후, 제일 먼저 본인의 정적이었던 힐러리 클린턴을 내각의 최고위급인 국무장관으로 임명한 아량과 능숙함은 진정 화합의 명수이며 역발상의 명수이다. 미국이란 코스모폴리탄 국가이다. 다인종, 다종교, 다문화 속에서 함께 어울려 살면서도 질서를 잃지 않고 민주사회를 이끌어 가는 것은 오바마 같은 젊고 패기 넘치고 야심 찬 정치 리더들이 존재하고 있는 민주주의 요람의 나라이기 때문일 것이다.

얼마 전, 오바마 의회 연설 중에서 한국을 본받자, 한국 부모들의 교육열을 배우자고 여러 번 연설한 것을 기억할 것이다. 그가 한국 교육에 대해 무엇을 알며 한국 부모들의 교육열에 대해 얼마나 알겠는가 의문했다. 하지만 그는 분명히 알고 있었다. 한국 부모들의 위대한 교육열에 대하여… 나 역시 그의 자서전의 한 칼럼에서 이 글을 읽고 가슴 뭉클한 감동을 받았다.

　2008년 가을 어느 휴일, 그는 대선 유세차 뉴욕 할렘가 거리를 캠프 일행과 함께 누비고 있을 때였다. 휴일이라 그 거리의 상점들은 거의 철수하여 문 닫고 있는데 유독 한국인 상점들만 문을 열고 한 부부가 열심히 장사를 하고 있었단다. 오바마는 다가가 그분들에게 어느 나라에서 왔느냐, 언제 이민 왔느냐 몇 가지 질문을 하였는데 그분들 대답은 먼저 "우리 아들은 컬럼비아에 다닌다"고 자랑스럽게 대답하며 당당하게 살아가는 그분들의 모습에서 한국이라는 나라를 다시 인식하고 한국인의 긍지와 교육열에 깊은 감명을 받았었다는 글을 읽었다. 아마도 한국에 대해 우호적으로 대하고 한국사태(천안함 사건, 연평도 사건)에 대해 깊은 우려를 표하며 우리나라 이명박 대통령에게도 좋은 유대감을 보여주신 것도 그때 할렘가에서 받은 좋은 인상이 아니었는가 생각한다. 또한 오바마 대통령은 참모들의 조언에 진지하게 경청하는 인물이다. 많은 나라 중에서 왜 하필 한국의 교육과 학교를 몹시도 칭찬했을까? 그 비밀의 열쇠는 바로 스탠포드 대학의 린다 달링 하몬드(Darling-Hammond) 교수이다.

한국 교육계에도 친숙한 그녀는 오바마 선거 캠프에서 자문단으로 활동했던 인물이다. 그녀는 오바마 대통령의 실질적 교육 참모로서 국가 교육 정책을 계획했다. 그의 관심을 끈 것은 한국의 높은 교육열과 높은 대학 진학률이다. 정보화 시대 사회에 적합한 인력을 공헌하기 위해서는 무엇보다 미국 국민의 학력 신장이 오바마의 교육목표였다고 한다.

우리는 그가 미국 대통령이기에 더욱 믿음이 가고 한미동맹을 굳건히 지켜줄 수 있는 우방국임을 감사하게 생각한다. 지난번 발생한 아리조나주 총기 난사 사건 희생자 추모식에서 오바마가 보여준 정치적 힘과 연설의 마술은 미국 전체가 홀린 듯 움직이기 시작하였다. 온 국민은 하나가 되었으며 정치권마저도 정쟁(政爭)을 멈추고 오바마의 명연설에 한마음으로 갈채를 보냈던 미국 정치사회가 부럽다. 금년 국정 연설에서 보여준 그의 명연설은 TV 전파를 타고 세계 시청자들을 향하여 내뿜어대는 감동의 울림이었다. 미연방의원들이 분열이 아닌 화합을 보여주기 위해 당적과 무관하게 자리를 함께하였다. 한 시간여 동안 70여 번이나 기립박수를 받았다는 사실은 미의회도 존경의 표현이다.

제일 인상 깊었던 연설 중 한 마디는 "당신은 누구든, 어디에서 왔던 꿈을 이룰 수 있다. 출신 배경과 상관없이 어떤 꿈이든 노력하면 이룰 수 있다는 믿음 하나로 내가 여러분 앞에 설 수 있게 되었다. This is the American Dream."

얼마나 자랑스럽고 훌륭한 연설인가? 공화당의 존 매케인 상원의원마저도 "당신이 미국 대통령이라는 것에 진심으로 감사하다"라고 하며 오바마 연설 중 최고라고 극찬하였다.

언제쯤 우리나라에도 오바마 같은 멋진 지도자가 나타날지… 국민을 감동시키고 안심시킬 수 있는 명연설을 할 수 있는 대통령. 국가적 위기 앞에서 언제든 하나로 뭉칠 수 있는 힘을 보여줄 수 있는 지도자.

그러면 우리는 참으로 행복한 국민이 될 것이다.

2011. 1.

Obama's awesome exit

As America's 44th President finishing his second term in 2017, Obama has remained a favorable figure and leaves office with a very high approval rating of 58%. We from the outside world have respected Obama by how he has led the U.S. regardless of party affiliation or interest groups.

I have always been fascinated by Obama's eloquent speech style. As I write a few words of praise and admiration to the departing President, I recollect my first congratulatory essay "An Inspirational Speaker" written in 2009 for the newly elected Obama. The international audience truly wishes you well on your success upon finishing your eight year presidency.

Those eight years must have been challenging. But what a humane and wise President. He changed the U.S. society, a multi-ethnic country and eventually found a path to reconciliation. We saw that the U.S. is a democratic country that stands up together despite fighting and disagreements within government.

Obama is one of the most famous political speakers to date. His first acceptance speech in 2008 was so memorable and so moving, like a personal statement of achievement. Exemplifying the contrasts of diversity and unity in U.S. society and emphasizing that the American dream can only be realized through hard work and education sent a message to the world.

He was even more impressive in his Jan. 2017 farewell address broadcasted live in his political hometown of Chicago. Receiving more than 70 standing ovations from the audience roaring "four more years!" resonated emotion and admiration from people worldwide. I always have had a tendency to compare our two nations politically and seeing this magnificent sight brought out feelings of envy and even despair in myself. Polls showed that Obama leaves office as one of the most favorable Presidents, and Americans are grateful for his dedication and embracing attitude during his two terms. Towards the end of his speech, Obama affectionately thanked Michelle and said "she is my best friend", "you have made me proud and you have made the country proud" referring to her role in the White House.

Such words of praise coming from a devoted husband is something that any woman would be touched by.

His last words "Yes we did"
                    "Yes we can"
made everyone a hero in our hearts.

His eloquent and wonderful speech was a tribute to the American people.

"God bless you. May God continue to bless America" as he made his closing remarks. I was filled with mixed emotions as I listened to this beautiful one hour spectacle, and quietly prayed with envy hoping that God may love our country as much as America. I yearn for the day when we can have a leader like Obama who is respected enough to leave office with such accolades.

Jan. 2017

멋지게 퇴임하는 미국 오바마 대통령

미국 제44대 대통령 오바마. 미국 국민이 가장 존경하는 1순위이며 온 국민의 60% 지지율로 퇴임하는 오바마.

그분의 아름다운 퇴임을 보면서 흠모와 찬양의 글을 쓰려니 문득 7년 전, 그가 미국 제44대 대통령에 당선되었을 때 나의 축하 소감 글 "역발상의 명수 오바마"를 회상하며 또 다른 감회가 새롭다. 길고도 힘들었던 8년간의 대통령 임기를 무사히 마치고 성공적으로 퇴임하는 멋진 오바마 미국 대통령.

참으로 인간적이고 지혜로운 대통령이다.
다민족 국가인 미국 사회에 변화를 이끌어 왔으며 싸우고 다퉈도 결국 화해의 길을 찾았고 서로 주장이 달라도 하나로 함께 일어서는 민주주의 나라, 미국을 변화시킨 대통령이다.

그는 세계적인 명연설가이다. 그의 연설문 중 가장 나의 마음을 파고들어 기억에 남는 문구는 "만일 당신이 가난하다면 나 오바마를 포함한 많은 가난했던 사람을 기억하라" 부단한 노력과 교육을 통해 무엇이던 (심지어 대통령도 할 수 있다는) 이것이 바로 아메리칸 드림이다.

　　　우리는 이루어 냈다(yes we did)

　　　우리는 할 수 있다(yes we can)

　그분의 명연설은 온 세계의 전파를 타고 글로벌 세계인들을 향한 감동과 찬탄의 울림이었다.

　대통령 퇴임 전 그의 고별 연설을 정치적 고향인 시카고에서 작별인사를 하는 장면을 TV를 통하여 시청하면서 더욱 감동을 받았다. 그는 연설 도중 70 이상의 박수를 받으며 4년 더를 연호하는 청중의 목소리엔 아쉬움이 짙게 배어 있은 듯하다. 지난 8년간의 그의 헌신과 포용적 자세가 남다른 지성에 대한 미국인들의 감사가 드러난 것 같았다. 연설 끝나갈 무렵에 부인 미쉘 여사를 향하여 "she is my best friend"라고 하며 Michelle이 백악관을 변화시켰다고 애정 어린 모습으로 바라보며 지그시 눈시울을 적시는 애처가인 남편의 면모를 보였다.

　이 세상 어느 여자인들 그 모습을 보면서 부러워하지 않을 사람이 있을까 하는 감동의 순간을 맛보았다. 그의 유창하고 멋진 연설은 온 미국인이 갈망하는 민주주의에 대한 헌사로 마침 하였다.

"신께서 당신을 축복하고 미국을 앞으로도 축복하시길"

이 장면을 시청하면서 우리나라도 언젠가는 박수를 받으며 떠나는 오바마 같은 대통령을 보고 싶으며 한없이 부러웠다.

우리나라도 반드시 오바마 같은 대통령이 꼭 탄생하시길 소망한다.

Jan. 2017

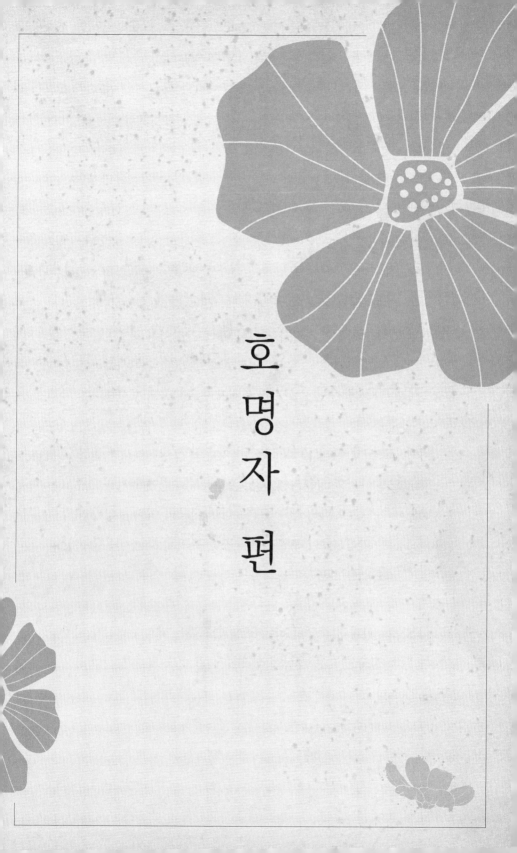

호
명
자
편

문학은 나의 사랑이며 은총입니다

삭막한 광야에서 길을 잃고 헤매이는 어린 양처럼 60여 년 함께 하였던 가장 가까웠던 사람과 영원한 이별 후 찾아온 허탈함과 슬픔은 너무도 감당하기 힘든 고통이었습니다. 그래도 나를 사랑하는 은총의 신은 나를 감싸 안고 끝까지 붙잡으며 쓰다듬어 주셨습니다.

미치도록 쓰고 또 쓰고 읽고 독서하며 문학의 굴레에서 시련과 맞서 이기도록 용기와 힘을 주셨습니다. 세상은 우리에게 기쁨도 주고 절망도 주는 희로애락의 진리를 터득하며 아무리 어려운 상황이 닥쳐와도 굳은 마음으로 살아가면 언젠가는 환희의 그날이 온다고 믿으며 희열을 느낍니다.

오래도록 기다려 주었던 나의 보물과도 같은 제4 수필집과 사랑하는 딸의 작품을 함께 세상에 상재하게 된 것도 크나큰 신의 은총이기에 무한 감사드립니다.

솔직히 나 자신이 나의 작품에 대하여 항상 부족하고 결핍을 느낄 때가 많습니다. 글을 쓸 때마다 나의 지적 양식의 빈곤에서 오는 부족한 작품에 자책할 때가 많았음을 고백합니다. 나이 들수록 무디어져 가는 감성에 윤활유 역할을 하는 문학사랑 열정이 마음 한구석에서 솟아나 멈추지 않고 또 씁니다.

나의 문학은 내가 걸어온 길에서 얻은 체험의 결과이며 진실되게 살려고 했던 내 삶의 숙명의 길입니다.

나를 다시금 소생시켜주시고 성심껏 지도하여 주신 저명하신 수필가 강 교수님과 문우들, 사랑하는 가족들의 응원이 있기에 가녀린 손에 펜을 굳게 잡았습니다.

이제는 그 어떤 길에서도 돌아설 수도 내려갈 수도 없는 내 문학의 길! 힘들고 버거워도 존경하는 모든 이들에게 섬김의 자세로 보답하며 살아가겠습니다.

감사합니다.

2023. 10.
우장산 사랑방에서

헌시

노을 진 산야에 당신을 남겨두고
영원한 이별을 하고 온 지 벌써 2년이 되었습니다
오늘 온 식구 한자리에 모여 당신의 명복을 빌며
당신을 위해 기도하며 당신을 그리워하고 있습니다

홀로 왔다 바람처럼 떠나는 인생
무엇을 위해 힘들게 살아왔는지?
생전에 잘해드리지 못한 한 맺힌 사연
내 가슴에 묻어두고 당신은 떠났습니다

62년 긴 세월 당신에게서
아름다운 구속 받으며
행복하게 살아왔던 나
소중한 구속을 벗어난 지금
지나온 애증의 세월이 야속하기만 합니다

하얀 박꽃처럼 곱게 올곧게 살아왔던 당신

당신은 내가 머물렀던 마음의

영원한 고향입니다

애타는 그리움은 강물처럼 돌아

목메어 흐르고 있습니다

이승과 저승을 이어주는

구름다리라도 있었으면

견우직녀처럼 그리운 당신

애타게 보고 싶습니다

2023. 4. 28.

당신의 아내 드림

|차 례|

제4부 추억의 조각들

멀지 않은 곳에서 세월의 소리가 뚜벅뚜벅

걸어온다

그 소리는 힘찰 때도 있고 서글플 때도 있고

환희로울 때도 있고 감사할 때도 있다

오늘도 기도한다

부디 나의 조용한 영혼의 찬가가

되어 주길

미수에 바치는 내 영혼의 찬가

　머지않아 미수라는 내 인생의 마지막 큰 터널을 향하여 열심히 가고 있다. 참으로 오래 살아온 지난 여정을 회상해 보니 아련하게 떠오르는 그립고 애달픈 추억이 이리도 절실하게 다가오는지?

　멈출 줄 모르는 세월은 강물처럼 흘러가며 석양에 물든 낙조는 또 하루가 접어 가는데 아름다웠던 나의 무지개도 저 멀리 재촉하며 가고 있다.

　동녘 하늘에 솟아오르는 눈 부신 태양처럼 내 마음은 예전 그대로 인데 어느새 미수라는 인생 봉우리의 끝자락에 서 있다. 이 나이가 되도록 펜을 놓지 않고 글을 쓰고 싶은 욕망이 아직 남아 있는 것은 아마도 신이 나에게 주신 큰 선물이기에 항상 행복한 마음 충만하다. 하고 싶은 일 못다 한 일이 많은데 그 욕심일랑 몰래 숨겨 놓고 저 푸른 창공을 향해 마음껏 뛰어 보고 싶다.

미움도 원망도 연기처럼 사라져 버리고 그립고 아쉬움의 미련뿐.

가슴속 뜨거운 불꽃은 아직 멈추지 않고 있다. 이제 조금 남은 내 삶의 아름다운 등불을 밝히며 항상 감사하는 마음과 내 주위에 있는 이웃을 배려하고 사랑하는 마음 세상 끝나는 날까지 마음속 행복을 간직하고 사는 것이 나의 바람이다.

특별하지도 대단하지도 않게 평범하게 살아왔지만 나도 마지막 빛이 되고 해가 되어 붉게 물든 저녁노을을 향하여 힘차게 가고 싶다. 앞으로 더 많이 쓰고 더 많이 독서하며 나의 문학 인생의 종착역을 향하여 조용히 가는 것이 나의 마지막 소망이다.

2023. 3.

추억 여행의 조각들

커피 한잔을 들고 거실 소파에 앉아 창밖 우장산 낙엽 져가는 늦가을 산을 바라보며 부질없는 사색에 잠겨본다. 떠나기 싫어 아쉬워하는 가랑잎새에 노랑 빨강 단풍잎들이 매달려 있는 그들의 운명이 왜? 그리 처량해 보이는지 잔인한 초겨울 바람은 그들마저 날려 보내려 악을 쓰며 불어 댄다. 겨울로 떠나는 간이역 작은 길목에서 쓸쓸하게 다가오는 황혼빛 여울은 가는 한해를 못내 아쉬워 몸부림치는듯하다.

갑자기 전화벨 소리가 요란하게 울린다. 옆 동에 사는 딸의 명랑한 목소리…

"엄마 지금 갈 테니 기다려!"

대답도 하기 전에 딱 끊는다. 딸은 나를 외출복으로 갈아입힌 후 끌다시피 밖으로 나와 택시에 태워 김포공항으로 갔다.

"엄마 내가 오랜만에 효녀 노릇 할 테니 엄마는 그냥 따라만 와 줘!"

며칠 전부터 저 혼자 계획을 세워 엄마와 함께 부산으로 효도 여행하려고 비행기표와 호텔 예약을 해 놓았나 보다. 물론 나는 딸의 행동이 대견하고 기특하고 고마울 뿐이다. 오랜만의 부산 여행. 바다가 있고 추억이 있고 낭만이 있는 그곳.

5년 만에 찾아온 부산은 많이 변하였다. 김해공항에서 해운대로 가는 산업도로 옆으로 성냥갑을 세워놓은 듯한 아파트 숲을 이룬 항도 부산.

그래도 나에게는 어느 도시보다 정겨운 추억이 쌓인 도시다. 아주 오래전 한국전쟁 당시 부산 피난 시절, 까까머리 고등학생과 단발머리 중학생이 친구 집에서 잠깐 만났던 친구 오빠. 그리고 서울 환도 후 운명처럼 우연히 다시 만나 우리는 서로 사랑하였으며 결혼하였다. 일생일대의 가장 행복하였던 신혼여행도 부산으로 왔다. 지금은 고층빌딩 숲이지만 아직 기억이 생생한 해운대의 구부러진 거리마다 그와 함께 거닐었던 아름다운 추억들이 남겨진 항구도시 부산에서 지금 딸과 함께 거닐고 있으니 오늘따라 애들 아빠가 몹시도 그리워진다.

"엄마! 여행 왔으면 아빠 생각일랑 하지 말고 즐겁게 여행을 즐기다 기분 전환하고 가자!"라는 딸의 명령 아닌 훈계에 나는 묵묵히 알

앉다고 말하며 함께 여행을 즐기려고 노력해본다.

해운대의 밤 풍경은 과연 낭만의 거리 젊은이들의 끼와 에너지를 발산하는 장소이다. '코로나야 저리 가라 우리는 우리 인생 즐기며 살련다' 하는듯한 젊은 아베크족들과 주말여행을 온 듯한 가족들이 아름다운 하모니를 이룬 군중들의 독무대인 해운대의 밤거리이다. 그들 군중 속으로 합류하여 우리 모녀도 열심히 걸으며 바닷가의 밤 풍광을 만끽하였다.

다음날 우리는 새로 생긴 해변 열차를 타러 갔다. 오래전 해운대에서 시작하여 부산과 울산을 왕복하는 단선철도를 보수하여 해변 열차로 개발한 부산시의 아이디어를 높이 평가한다. 해변 열차를 타려고 전국에서 모여든 관광객들이 인산인해로 한참 기다려야만 탑승할 수 있었다. 해안 관광 열차는 긴 의자로 설계되었으며, 바닷가를 바라보며 관광객들이 확 트인 드넓은 바다를 편안히 앉아 송정 해변까지 다섯 정거장에 왕복 2시간이 소요되는 코스이다. 안내 방송에서는 흥겨운 노래와 함께 해운대 해수욕장을 미국 하와이 와이키키 해변 백사장에 비유하며 자랑하는 것도 듣기 좋은 아나운서의 멘트였다.

이번 여행은 딸이 엄마를 위로해 주기 위해 계획을 짜놓았던 효도 여행이었으며 식사 때마다 유명한 부산 맛집을 찾아다니며 엄마의 잃었던 미각을 찾게 해주는 딸의 고마움에 내 가슴이 뭉클해진다.

내 자식들을 위해서라도 굳세게 일어나 씩씩하게 살아야겠다는 마음을 다짐해 본다. 어차피 우리 인간 자체가 홀로 왔다 바람처럼 홀로 가는 것.

죽음은 삶의 한 여정이며
삶의 끝에는 죽음이라는 이별이 있다

고맙게도 나에게는 신이 주신 문학이라는 선물이 있으며 문학과 독서 창작이 은총의 귀한 보배를 잘 간직하여 문학이라는 펜에 더 힘을 주어야겠다. 지금까지 내 문학 인생 20여 년은 아마추어 작가 시대였고 이제부터는 진정 내 혼으로 쓰는 프로 작가의 문을 두드리며 써야겠다.

문학은 나 자신과의 싸움이며 고독하면서도 벅찬 과정의 연속이다.

더 많이 독서하고 더 많이 습작하고 머지않아 미수를 바라보는 할머니의 글에서 꿀처럼 흐르는 감성과 가슴을 쥐어짜는 듯한 낭만이 흐르는 글을 쓰려고 노력하련다. 아마도 문학은 나에게 이정표 없는 나의 영원한 그리움이며 동반자인가 보다. 남편을 저세상으로 보내고 그 힘든 시기에도 내 옆에 문학이 있었기에 참고 견디며 버티어

냈음에 감사한다.

오늘은 2박 3일의 부산 여행을 마치고 아무도 기다려 주는 이가 없는 서울 집으로 가는 날이다. 호텔 창가에 앉아 아침 해가 솟아오르는 바닷가를 바라보며 환희에 찬 마음 다짐을 나 자신에게 해 본다.

지금까지 살아온 내 삶은 부끄럽게도 오로지 나와 내 가족만을 위한 삶이었지만 이제부터라도 내 인생 마지막 정리하는 순간까지 나보다 불우한 이웃을 위한 도움과 헌신을 하는 한 알의 밀알이 되고 싶다. 어차피 인생은 강물같이 흘러가는 것. 좋은 일도 나쁜 일도 모두 보듬고 망망한 바다를 향해 흘러가는 것. 나는 언제쯤 이글을 회고하며 정리할지?

여행에서 돌아오는 비행기 속에서 왠지 모를 감동의 눈시울이 내 시야를 흐리게 한다. 김포공항에 내려 군중들 속으로 힘차게 합류하면서 그래도 삶은 축복이라고 마음속으로 외쳐본다.

2022. 5.

나의 신앙 고백

나의 출생은 모태신앙으로 태어나서 어머니의 간절한 신앙심과 끊임없는 기도로 성장하였다. 희미한 기억 속에 내 유년 시절은 아침저녁으로 부모님과 식구들의 찬송가와 기도로 하루가 시작되었다. 아주 어렸을 때 잠결에서 어머니가 내 손을 꼭 잡고 기도하실 때는 어린 마음에도 하느님은 존재하실까? 얼마만큼 나에게 축복을 주실까? 하는 생각을 하면서 어렴풋이 잠이 들곤 하였다. 어머니를 따라 열심히 교회와 주일학교를 나가며 신앙생활을 하였던 것이 내 유년 시절 생활의 전부이었다.

하지만 나에게도 사춘기라는 복병이 찾아왔다. 왜인지 교회도 나가기 싫고 하느님도 부정하면서 어머니를 괴롭혔다. 때로는 집안일과 우리도 잘 돌보지 않으며 교회에만 나가서 봉사하는 어머니가 밉기도 하면서 긴 방황과 고민은 그치지 않았다. 대학 시절, 우연히 불교를 믿는 집안의 청년과 사귀어 결혼을 하니 더 교회와 하느님을 멀리하게 되었다.

때와 철마다 고사 드리는 유교도 불교도 아닌 시어머니의 종교를 부정하면서 나의 신앙의 정체성을 잃어가고 있었다. 과연 나의 종교는 무엇이며? 어디에 있는지? 수없이 반문하면서 아련하게 솟아나는 내 본향의 그곳이 다시금 몹시도 그리워지기 시작하였다. 그럴 때마다 하느님은 조용히 나를 쓰다듬어 주시고 어루만져 주면서 당신에게로 돌아오도록 감싸주었다. 다시금 나는 교회를 나가지 않아도 집에서 조용히 기도 생활을 하는 경지에 이르게 되었으니 이 또한 내 인생의 큰 변화라 하지 않을 수 없다.

특별한 계기나 신앙체험이 없어도 하느님은 그렇게 오랜 시간 내 삶에 스며들었다. 다시금 하느님 말씀대로 살려고 노력하고 기도하는 마음으로 신앙생활을 조용히 하다 보니 점점 그분이 내 삶을 강하게 인도하는 듯한 느낌을 받았다. 비신자였던 남편을 설득하여 하느님 품으로 인도하였던 기적도 온 가족이 다 함께 신앙생활을 하는 것도 그분이 주신 크나큰 은총이다.

결혼 전 대학 시절 미국 동남부 노스캐롤라이나주에 있는 기독교 대학에서 나의 유학 생활이 시작되었다. 언어의 장벽과 힘든 유학 생활을 버텨나갈 수 있었던 원동력은 하느님을 향한 믿음과 기도의 힘이었다.

학교 뒷동산 야트막한 언덕에 그림 같은 교회당에서 울려 퍼지는 새벽 종소리는 꿀맛 같은 새벽잠에 취해 있던 나를 벌떡 일어나게 하여 주는 힘이 되었으며 내 꿈과 영혼을 보듬어준 사랑의 세레나데 였다. 새벽잠에서 깨어나 눈을 비비면서 교회당으로 새벽 예배드리러 걸어갈 때는 하느님과의 침묵의 대화를 나누며 내 인생을 설계하였던 그리운 추억의 한 시절이었다.

지금 돌이켜 보면 보이지 않는 어떤 뜻이 있었음을 느끼게 하여 주었으며 하느님께 의지할 수밖에 없는 하느님에 의해 만들어진 나약한 인간이라는 것을 깨달았기 때문이다. 한세상 긴 세월 살아오면서 이제야 비로소 삶의 빛과 그림자를 다 수용하고 믿음으로 살 수 있다는 것은 분명 나에게 주어진 그 크신 그분의 은총이다. 지금 더 바라는 것도 없다. 이대로 온전히 욕심 없이 살며 하느님의 사랑을 내 이웃과 이 세상에 실천하며 사는 것만이 가장 큰 바람이며 행복이다. 그분의 사랑의 향기가 넘치도록….

2022. 4. 우장산 사랑방에서

가족이라는 사랑탑

이 세상에 가족이라는 자애롭고 숭고한 단어가 더 있을까 싶다. 하늘이 내려준 천륜. 나라님도 부럽지 않고 풍진도 두렵지 않은 시공을 초월한 가족 사랑. 천만 대를 이어갈 행복의 씨앗이며 가족이라는 울타리 속에 애오라지 절절한 사랑 하나로 도와주며 살아가는 내 가족.

가족이라는 울타리 속에 모든 사람은 서로 사랑을 나누고 행복해하고 서로 도와주며 살아가고 있다. 내 사랑하는 가족. 듣기만 하여도 애틋한 감동이 샘솟고 내 가족을 위해 무엇인들 못 하랴? 하는 힘이 저절로 가슴에서 솟아난다. 험난한 세상살이에 가족만큼 소중한 존재가 이 세상 어디에 또 있으랴? 사랑으로 꽃피운 금자탑이며 삶의 양식을 잉태해 주는 영혼의 안식처이다.

오늘도 아침 일찍 성당에서 운영하는 노인대학에 상쾌한 마음으로 나간다.

　지역주민과 어르신들을 위해 조금이나마 활기차고 즐거운 생활을 주기 위한 신부님의 설립 목적과 신앙이 함께하는 공동체이며 또한 진심으로 헌신하는 봉사자 선생님과 함께 하는 봉사 단체이다.

　반드시 무엇을 배운다는 목적보다 노인 어르신들로부터 서로가 주고받는 살아온 경험을 배우고 그분들의 해맑은 미소에서 욕심 없이 살아온 지혜를 배우며 나의 신앙이 성장하여 가고 있다. 이분들은 몸은 비록 늙었지만, 가족과 자식을 위해 아낌없이 헌신해온 모두가 인생의 경험자들이며 나의 인생 선배들이다.

　이 노인대학에 중증 치매 할머니가 열심히 즐겁게 다닌다. 그 자매님에게는 따님 여러분과 성실하고 인자하신 영감님이 계신다. 가정적으로 하나도 빠짐없는 행복한 할머니지만 어쩌다 천형의 형벌인 치매라는 불치의 병에 걸려 집도 혼자서는 못 찾아다닌다. 따님 여럿이 번갈아 가며 어머니를 노인대학에 모시고 다니는 것만이 유일한 낙이기에 정성을 다하여 효도하며 어머니를 기쁘게 해드리는 이들을 보면서 우리 반원 모두는 가족 사랑의 귀중함을 몸소 배우며 지낸다.

　따님들은 결혼하여 각각 다른 곳에 살지만, 어머니가 노인대학에 오시는 날은 서로 순번을 매겨 어머니를 모시고 와 하루 종일 옆에서 시중들고 식사 때도 옆에서 돌봐드린다.

어머니가 성당 노인대학에 오는 날만이 유일한 바깥 외출을 하는 날이기에 이날만은 서로가 어머니를 모시고 와 즐겁게 해드리려고 노력하는 이들에게서 잔잔한 감동을 받는다.

몸은 비록 불편하지만, 세상 어느 열 아들 가진 어머니 부럽지 않은 효도를 받으며 노인대학에 다니는 이분을 보면서 최소한 내가 정의를 내리는 자식 도리란 부모님 마음을 편안하고 즐겁고 기쁘게 해드리는 자식들만이 효도의 첫째 조건이라는 것을 말하고 싶다. 돈 많이 버는 것, 출세하는 것 그것은 자기들 인생의 문제다. 물론 여러 가지 조건을 다 갖추기란 그리 쉽지 않은 것이 우리 인생사다.

그 자매님은 남편 복도 있으시다. 성실하고 인자해 보이는 남편은 가끔 마나님 모시러 와서 우리 교실을 방문해 노래 시간에는 우리와 함께 노래도 부르며 음정도 가사도 틀리게 부르는 마나님의 모습을 빙긋이 미소 지으시며 바라보신다.

흔히들 매스컴에서 장애인이나 병고에 시달리는 식구가 있는 집안을 소개할 때 몹시도 푸대접하고 괄시한다는 좋지 않은 뉴스를 방영하는데 내가 알기로는 이 세상에 그들을 괄시보다 진심 어린 사랑으로 다독여 주며 함께 살아가는 가족이 더 많다는 사실을 알리고 싶다.

세상의 그늘에 가려 살고있는 수많은 장애인. 이들 또한 우리들의 한 인간 가족이며 이웃이다. 장애는 조금 불편한 것이며 불행한 것은 아님을 받아들이며 그리고 그 불편도 우리 사회가 만든 것이기에 특별한 배려를 통해 풀어나가야 할 과제이다. 살다 보면 모든 것이 바람 같고 안개 같고 먼지 같은 세상에서 살아야 하는 현실. 늙는 데는 빈부 격차도 잘나고 못나고도 없다. 우리의 육체적 정신적 기능이 하나씩 소멸되어 사라지는 과정이다.

노인대학에 오시는 분들에게는 갖가지 사연도 많다. 이분들에게서 힘들게 살아온 인생 여정을 들으며 나 자신을 되돌아본다. 신께서 나에게 주신 현재의 생활에 무한 감사하며 범사에 만족하는 생활 태도 역시 고마운 축복이다.

가족의 힘은 강철보다 강하고 사랑은 녹지 않은 흰 눈처럼 맑고 깨끗하고 숭고하다.

이들 모두 황혼을 저만치 뒤로하고 오로지 신앙과 삶의 겸허함으로 노년을 살아가는 인생의 참 스승님이고 훈장님이다.

오래전 나의 어머니도 돌아가시기 전 약간의 치매 증상이 있었다.

하루에도 수없이 전화로 나를 부르시기에 어머니 만나러 친정에 갈 때마다 어머니는 나를 보고 엉뚱한 이야기를 하시기에 핀잔만 주고 좀 더 살갑게 대해주지 못한 불효. 이제야 가슴 깊이 후회된다. 얼마나 병석에서 보고 싶은 큰딸이 오기만을 기다리다 반가운 마음에 이 말 저 말 하시는 것을 왜 좀 더 따뜻하게 대해주지 못했을까? 돌아가시기 전까지 엄마 사랑한다는 말 한마디 쑥스러워 못 해 드렸던 얄밉고 철없던 딸. 이제야 가슴 치며 후회한들 무슨 소용 있을까? 부모님 살아생전 잘해 드리라는 그 명언. 진실된 말이 내 귓전을 때리며 회한의 뉘우침으로 눈시울이 앞을 가린다.

　글을 쓰고 있는 지금 나의 거실 베란다 창밖은 우장산의 싱그러운 녹음으로 출렁이며 계절의 여왕이라는 5월의 훈풍이 미소 짓고 있다. 어제는 어버이날이기에 고생만 하시다가 가신 엄마 생각이 더욱 사모치도록 그리워진다.

　엄마 살아생전 일찍 철이 들었었다면 좀 더 잘해 드리며 포근한 엄마의 넓은 바다에서 우리 두 모녀가 행복하게 유영하였을 텐데. 그 기나긴 후회와 애증의 세월 속에 그리움에 목메어 하는 엄마의 강은 언제까지 흘러갈지?

　어차피 우리들의 인생 삶 자체가 생로병사의 고행길을 가야만 하는 숙명인 것을 누구나 기필코 가야만 하는 그 길을… 아무도 막을

가족이라는 사랑탑
93

수 없는 이 길을 묵묵히 순응하며 살아가야만 한다.

우리가 마지막까지 도달하는 인생길이 때로는 험한 비바람이 몰아치고 때로는 따뜻한 햇볕이 감싸 안을 때 우리는 감사하며 순종하며 그 길을 가야만 한다. 그러기에 우리는 우리를 반갑게 맞이하는 가족이 있기에 그 가정의 행복한 문에 들어간다.

가족이란 가장 소중한 삶의 버팀목이며 가정의 평화와 안녕을 지켜주는 숭고한 '사랑탑'이다.

> 내가 새라면 너에게 하늘을 주고
> 내가 꽃이라면 너에게 향기를 주겠지만
> 내가 인간이기에 너에게 사랑을 준다
> – 이해인 시 중에서

작아진 남편의 뒷모습

버스에서 내려 88 체육관 모퉁이를 돌아 우리 아파트 입구로 천천히 올라가고 있었다. 바로 내 앞 몇 미터 앞으로 어깨가 구부정한 분이 힘겹게 걸어가고 있는 모습을 보면서 나는 불현듯 '머지않아 나의 남편도 뒷모습이 저렇게 초라한 노인네가 되겠지' 하면서 혼자 서글픈 상념에 그분의 뒤를 가고 있었다.

그런데 잠깐 서서 쉬어가는 그분의 모습, 그 남자는 바로 남편이었다. 둘이 눈빛이 마주치는 순간 가벼운 미소를 지었지만 왠지 말 못 할 안쓰러움과 허전함이 내 가슴을 싸하게 스쳐 지나간다. 얼마 전까지만 하여도 단정하였던 모습. 나이에 비해 배도 안 나오고 자기 관리를 잘하여 곧고 날씬하였던 자태는 어디로 가고 구부정하고 축 처진 어깨에 힘없이 걸어가는 남편의 뒷모습을 바라보니 형언할 수 없는 연민과 황혼의 비애를 느낀다. 또한 막을 수 없는 야속한 세월의 흔적이 그이에게도 강타한 것이다. 남편의 뒷모습이 시리고 아프다면 그것은 내조자인 내 책임이 클 것이다. 세월이 회전하여 돌아간다면 그의 좁아진 어깨를 근위병처럼 당당한 어깨로 확 펴주고 싶다.

한때는 그의 든든한 어깨에 우리 식구 모두 의지하며 편안한 안식 속에 살아왔는데 아마도 세월과 나이의 무게를 감당할 수가 없나 보다. 지나간 세월의 한 모퉁이에서 부부지정의 소중함이 절실하게 느껴진다.

사람들의 뒷모습에서 그들 삶의 현주소를 읽을 수가 있다. 청춘들의 당당한 뒷모습, 연인들의 감미로운 뒷모습, 젊은이들이 삶을 구가하는 활기찬 모습. 하지만 대부분 어르신들의 뒷모습에서 왠지 모를 쓸쓸한 삶의 여운을 느낀다.

한때는 나의 남편도 대학 강단에서 당당하게 학생들을 가르쳤던 명교수였고 진료실에서 하얀 의사 가운을 입고 환자를 진료하던 뒷모습이 참으로 멋지고 믿음직스럽게 보였었다. 하지만 이제는 우리 부부의 역할이 뒤바뀌어 퇴직 후 부족한 아내의 외조를 하는 일등 공신이 되고 말았다. 글쓰기를 시작한 노처가 혹시나 남들이 알아주는 문필가가 되지나 않나 하는 허황된 소망을 가지고 기대치가 나보다 더 높다. 이제는 내 글 평가도 수준급이다.

살다보면 인생의 가시밭길을 휘청거리며 걸어갈 때 서로 힘이 되어주는 나의 영원한 동반자, 반세기가 넘는 긴 세월을 그와 함께 부대끼며 살아왔다.

더 욕심도 없다. 더 바랄 것도 없다. 남은 인생 시냇물 흘러가듯 평온하게 살고 싶다. 걱정도 근심도 미움도 사랑으로 승화시키며 남편의 좁은 어깨를 넓혀주는 정신적 후원자. 건강을 지켜주는 보증수표 간호사가 되었으면 좋으련만… 더 욕심이 있다면 우리 부부의 뒷모습이 멋있고 아름다운 부부로 살아갔으면 하는 바람이다.

문득 어느 책에서 읽은 아름다운 장애인 부부의 이야기를 소개해 주고 싶다.
수레를 끄는 남편은 앞을 못 보는 시각 장애인이다. 수레를 탄 아내는 하반신이 마비되 몸을 제대로 가누지 못하는 장애인이다. 스스로를 반쪽이라 부르는 두 사람은 작은 손수레에 생활필수품을 싣고 다니며 장사를 하여 생계를 유지한다. 이렇게 서로가 서로를 의지하며 이끌어 주고 힘이 되어 주는 것이야말로 진정한 사랑이요 행복한 부부의 동행이다. 이는 실제 전라남도 강진군 남성리에 사는 어느 부부의 실화다.

이 글을 읽으면서 콧등이 시큰거리는 것을 참으며 이 부부의 사랑에 마음속으로 응원을 보내 주었다. 돌아보면 우리네 삶이 항상 팍

팍하게 살아가지만 이런 아름다운 동행이 있다면 고단한 인생길 행복할 수 있을 것이다.

'동행'

인생길에 동행하는 사람이 있다는 것은 참으로 행복한 일입니다.
힘들 때 서로 기댈 수 있고 아플 때 곁에 있어 줄 수 있고
어려울 때 힘이 되어 줄 수 있으니 서로 위로가 될 것입니다.

사랑은 홀로는 할 수가 없고 맛있는 음식도 홀로는 맛없고
멋진 영화도 홀로는 재미없고 아름다운 옷도 보아줄 사람이 없다면
무슨 소용이 있겠습니까?

아무리 재미있는 이야기도 들어줄 사람이 없다면 독백이 되고 맙니다.
인생길에 동행하는 사람이 있다면 더 깊이 사랑해야 합니다.
그 사랑으로 인하여 오늘도 내일도 행복해야 합니다.

《수필문학》 2018. 10. 게재

존경하는 파트리치오 신부님

찬란한 봄의 전령이 저—언덕 넘어
손짓하며 다가오는
눈부시게 아름다운 계절에
영명 축일 맞이하는 파트리치오 신부님!
우리 우장산 성당 믿음의 식구들 모두 한 마음 되어
진심으로 두 손 모아 축하드립니다.

언제나 우리 곁에 다가와 따듯하게 손잡아 주시는
신부님의 충만된 사랑 신부님의 영혼으로 부르짖는
강론의 말씀 한마디 한마디가 우리들 가슴에
한 알의 밀알 되어 오래도록 간직하겠습니다.

세상에 희로애락 부귀영화 다 버리시고

오직 로만칼라 검은 성의를 숙명인양 입으시고
수도자의 길 택하신 파트리치오 신부님!
그 고귀하고 높은 뜻을 이제야 알 것 같습니다

평생을 교회와 사목을 위해 헌신하실
신부님의 복음 길에 하느님이 항상 함께 하시어
세상에 빛과 소금의 여정 되어 가시길
진심으로 축원 드리옵니다.

신부님 영원히 사랑합니다.
신부님 영원히 존경합니다.

2022. 3. 20. 신부님 영명 축일에

며느리에게

너는 이름 모를 어느 하늘 아래에서 왔니?
너는 이름 모를 어느 별나라에서 왔니?
하늘이 점지해준 연분
그 어느 날 살며시 나에게로 다가와
내 아들의 여자가 된 너

강산이 세 번 이상 바뀌는 긴 긴 세월
조용히 말없이 자기 할 일 다 하며
예쁘고 총명한 두 공주
남부럽지 않게 길러낸 너
쳐다만 봐도 아까운 내 소중한 며느리
하나밖에 없는 내 아들의 아내

전생에 너와 나
무슨 질긴 인연이 있었길래 고부간이라는
밉고도 정다운 그 이름으로
삭막한 인생 여정에 시원한 감로수처럼
우리는 살아왔지

얼마 남지 않은 내 인생
반드시 가야 할 저 먼먼 하늘나라로
마지막까지 지켜주고 배웅해야 할
사랑과 숙명의 소중한 우리 인연
그 이름 김씨 집안 외 며느리 윤혜경
영원히 영원히 행복하게 살아다오.

2023. 2.

모든 것에 감사하며 긍정적으로 대하다
보면 더 오래 더 행복하게 살 수 있다

(Full life with a grateful heart

for a longer and happier life)

제2부

환희의 날들

5시간의 악몽

순간의 사고로 액운이 다가왔다.

우리 강서구 구민들이 가장 숭배하고 존경하는 성인 허준 축제가 해마다 가을이 무르익는 10월 중순 경에 허준박물관과 옆 허준 근린공원에서 성대히 거행된다.

그 축제에 시 낭송가로 참석하였다 나오는 길에 인파에 떠밀려 함께 걸어 나오다 정문에 많은 차를 통제하기 위해 쳐놓은 쇠줄 펜스에 걸려 넘어져 어이없이 참혹한 사고가 벌어졌다.

꽈장창하고 넘어지면서 나는 의식을 잃었다.

그 후 나는 아무것도 모른다.

아마도 주위 사람들의 도움을 받아 119를 불러 종합병원 응급실로 실려 갈 때까지 나는 죽은 목숨이나 다름없었다. 한참 후, 내가 누워 있는 응급실 침대 맞은편에서 아들과 의사 선생님의 대화하는 내용이 희미하게 들려오는 듯하였다.

내가 의식을 잃고 있는 동안 X-ray와 CT 촬영 등 기타 여러 가지 검사를 하여 고관절이 부러졌다는 진단이 나와 의사 선생님이 아들에게 말씀하시는 것이 어렴풋이 들려왔다. 허나 너무 아픈 통증과 충격에 아무런 의식을 찾을 기운도 없었다. 의사 선생님이 보호자인 아들에게 우선 급한 대로 병실을 정하여 환자를 안전하게 눕도록 지시하는 것 같았다. 병실로 이동한 후 간호사가 와서 여러 가지 처치를 한 다음 통증 완화 주사를 놓아주며 환자에 대한 주의를 준다. 어떻게 식구들이 연락을 받고 왔는지 묻지도 말하지도 않고 이 기막힌 현실에 참담한 표정만 짓고 있었다.

잠시 후 아들과 딸은 정형외과 주치의 선생님을 다시 면담하고 오겠으니 어머니는 안심하고 기다리고 있으라고 하며 아직 아버지에게는 놀라실까 봐 알리지 않았다고 한다. 그들이 병실에서 나간 후 두 줄기 눈물이 볼을 타고 흘러내린다. 내가 아는 얕은 상식으로는 고관절이 부러지면 온몸에 피가 통하지 않아 서서히 관절이 썩어가며 결국 사망에 이른다는 이야기를 많이 들었다. 얼마 전에도 아는 분의 시아버님께서 식탁에서 넘어져 고관절이 부러져 결국 얼마 후 사망하였다는 소식도 들었다.

어찌하면 좋을까?

하늘이 노랗고 눈앞이 캄캄하다. 내 목숨 하나 죽는 것 두렵지 않은데 병중에 있는 남편은 누가 보살펴 드리나. 불쌍한 고령의 남편을 생각하니 소리 없는 눈물이 흘러내리며 내가 죄가 많아 이 지경이 된 것 같아서 피눈물이 펑펑 쏟아질 것만 같았다.

내가 먼저 가면 자식들을 힘들지 않게 요양병원에 보내야 할까? 별의별 생각과 망상이 흐르는 눈물과 함께 시간은 왜 이리 더디게 가는지 주치의 선생님을 면담 하러 간 아들딸은 아직 소식 없고 답답한 가슴은 쥐어짜는 듯했다.

한참 후 아들과 딸이 밝은 표정으로 들어오며 엄마가 울어 퉁퉁 부은 얼굴을 보며 "엄마 아무 걱정하지 말라"며 날아갈 듯 기쁜 표정으로 경과보고를 한다. 주치의 선생님이 외래진료를 마치고 친절하게 자세히 설명해 주신 이야기를 전해주며 안심시켜줬다. 그리고 급하게 내일 수술 시간까지 배정받고 왔다고 하였다.

참으로 길고도 긴 운 나쁜 악몽의 다섯 시간이었다.

주치의 선생님의 설명인즉 현대의학의 발달로 고관절도 무릎관절과 마찬가지로 티타늄이라는 소재로 관절을 만들어 고관절 전체를 갈아 끼우는 의술이 발달하였다고 한다. 고관절 수술이란 부러진 관절을 인공관절로 교체하여 많은 환자에게 희망과 밝은 미래를 주는 정형외과 영역에서 가장 성공적으로 발달된 분야다.

이 고마운 혜택을 받아 수술하여 회복될 수 있다니 참으로 반가운 희소식이지만 어쩐지 지금 현재 내 마음은 정신이 하나도 없었다. 과연 신의 은총인지 액운의 장난인지 도무지 분간할 수 없다. 무조건 믿자. 주치의 의사 선생님을 믿어보자. 저녁 회진 시간에 들어오신 선생님 손을 붙잡고 잘 부탁한다는 말만 되풀이하였다.

다음날 진행될 수술 준비는 신속하게 이루어졌다. 여러 가지 검사와 저녁 금식 후 간호사의 주의사항을 잘 들은 후 딸만 남고 다른 식구들은 집으로 돌아갔다.

수술하는 날

아들은 전날 아버지에게 엄마의 경과를 전해주고 안심시켜 드렸지만, 남편은 지난밤 한잠도 못 주무셨는지 쑥 들어간 눈과 핼쑥한 모습으로 아들의 손에 의지하여 병실로 들어오는 모습이 너무도 애처로웠다. 아무 말도 못 하고 서로 마주 보고 있으며 양쪽 눈은 이미 충혈이 되어 뜨거운 액체가 금방 쏟아질 것만 같았다.

이것이 60년을 해로한 부부의 정인가 보다.

가족들의 애타는 기원의 눈빛을 받으며 들것 같은 수술 침대에 누워 수술실로 들어가는 나의 심정은 참담하기만 하였다. 한참 후 마취에서 깨어나 의식을 찾으니 가족들이 기다리고 있었다.

 수술은 성공적으로 잘되었다는 주치의 선생님의 말을 전하면서 식구가 나를 안심시키며 위로해 주었다. 병실로 이동 후 진통제와 여러 가지 알 수 없는 링거 주사를 놓은 다음 나는 전신마취 영향으로 온몸이 몽롱해지며 깊은 잠에 빠져들었다.

 다음날부터 아프고 힘든 투병 생활이 시작되었다. 매일 같이 통증 완화 주사를 맞는데도 그 아픔은 말로 표현할 수 없었으며 오전 오후 두 번씩 하는 물리 치료와 수술 일주일 후부터 걷기 훈련 연습을 열심히 하며 오로지 빨리 회복하겠다는 일념과 기도로 시작하는 하루가 기도로 마감하며 기도만이 나의 유일한 수호신이었다.

 사람이란… 시련과 고통을 겪어봐야만 지금의 건강이 얼마나 고맙고 소중한가를 깨닫게 된다. 참담한 악몽과도 같은 순간을 경험하였기에 더욱 건강의 소중함에 감사하며 살아야 하겠다.

 사람 한평생 살아가는데 누구에게나 좋은 일도 있고 궂은일도 있고 나처럼 순간의 사고로 예기치 못할 액운도 찾아오는 것. 아마도 이것을 말하건대 인생 고해라고 하나 보다. 병실의 밤은 고적하고 외롭고 우울하다. 지나온 나의 삶을 되돌아보면 모두가 고맙고 감사한 분들 주위에서 살아왔는데 그때는 왜 못 느끼며 살아왔는지 이제 내가 이 병실을 두 발로 다시 걸어 나간다면 모든 선한 주위 분들에게 마음껏 사랑하며 섬기며 살고 싶다. 이렇게 후회와 반성과 뉘우침의 병실에서의 밤을 지새우며 날이 밝으면 다시 물리 치료와 걷기 운동을 하다 보니 몸이 조금씩 회복되며 걷는데 자신감도 생길 즈음 어느덧 3주간의 입원 생활을 마치고 퇴원하는 날이 되었다.

아 반가운 내 집. 세상 어디에 이처럼 귀한 내 집이 있을까. 3주가 마치 3년 같이 길고 힘들었던 시간. 지팡이에 의지하여 뚜벅거리며 들어오는 내 모습이 너무도 가슴 아팠던지 딸은 방에 들어가 몰래 우는 것 같았다. 며느리가 정성껏 차려준 저녁 식탁에 온 식구 모여 감사기도 올렸다. 앞으로 길고 힘들고 고통스러운 재활치료와 투병 생활이 나를 기다릴지라도 오늘 이 순간만은 감사가 충만된 행복에 가슴 벅찼다.

2019. 4.《월간문학》기고

《송도지》와 나의 지나온 날들

참으로 오랜 세월 기다려 왔습니다.

언제 들어도 설레고 애정이 넘치는 고향 송도!

우리에게는 아련한 그리움에 목말라하는 마음의 고향이 있으며 우리 개성 실향민들의 정신적 버팀목 역할을 하는 향토지 《송도지》가 어언 40여 년의 긴 세월을 우리 옆에서 지켜주고 있었습니다. 개성인의 정신적 지주!

송도지 탄생 200호 출간을 진심으로 축하합니다.

무심한 인생 열차는 해마다 간이역에 실향민들을 내려놓고 강물 같은 세월은 속절없이 70여 성상을 지나갔다.

하루아침에 갑자기 꽃이 피어나지 않듯이 송도지 역시 40여 년의 세월 송도인의 열과 정성이 합심하여 이룩한 결실이다.

긴 세월 헌신적으로 송도지를 반석 위에 올려놓으신 존경하는 개성 원로 어르신들. 또한 물심양면으로 후원하시며 도와주신 임원, 선배님들, 기업인들 그리고 작가님들, 그 뒤에서 말없이 응원하신 송도인 독자분들이 계셨기에 송도지가 200호를 맞이하게 되었음을 참으로 자랑스럽고 감동스럽게 생각한다.

지난 세월 되돌아보며 나와 송도지와의 인연을 회상해보니 어언 20년의 세월이 흘렀다. 남편과 전 성심여고 교장이었던 김완진 선생님은 아주 절친한 개성고등학교 동기 동창이다. 김 교장 선생님이 성심여고를 정년퇴임 하신 후 잠시 개성시민회에서 일을 보시며 송도지를 편집하실 때, 시는 고 우숙자 시인께서 기고하셨고, 수필은 없다며 저에게 원고를 부탁하시기에 쾌히 응하여 그때부터 송도지와 인연을 맺어 애정을 향한 마음으로 원고를 보내기 시작하며 봉사한 지 어언 강산이 두 번 바뀌는 세월이 흘러갔다. 내 나름대로 송도지에 성의껏 봉사하였다고 생각하니 말 못 할 감회와 문학인으로서 긍지와 자부심을 느낀다.

지나간 세월 회상하면 존경하는 많은 송도지의 선배님들, 시인 작가님들이 저세상으로 가셨고 이제 몇 분 남지 않은 작가님들만 계시니 과연 인생무상이라는 말이 실감 나게 한다. 이제 우리는 아름다운 노년을 위하여 현실에 안주하기보다는 부지런히 생활하며 삶을 음미하며 살아가기를 바란다.

인생은 의외로 멋지고 근사하니까!

또한 한편으로 아무리 만만치 않은 삶이지만 비우며 또 비우면서 살아가면 언젠가 세상은 불공평하여도 세월은 공평하다. 잃어버린 것이 있으면 얻는 것도 있을 것이라고 자신을 위로하며 특별할 것도 없는 우리의 일상도 한 발짝 물러서서 보면 아름다울 때가 있지 않았을까 생각한다. 세상에서 제일 쉬운 것은 나이를 먹는 것이고 세상에서 제일 어려운 것은 나잇값을 하는 것이라는 말이 오랫동안 뇌리에서 맴돈다.

우리 속담에도 사람을 보려면 그 후반을 보라고 했다.
영국 속담에도 끝이 좋으면 다 좋다.
"All is well that ends well"라는 말이 있다.

노인의 삶은 황혼기가 아닌 황금기라 했듯이 이제까지 살아온 무거운 짐 다 내려놓고 비워가는 여정을 향해 사뿐히 걸어가야 한다. 우리 개성인들에게는 무한한 잠재력이 있는 DNA를 가지고 있다는 것을 말하고 싶다.

망향의 설움을 안고 지냈던 부모님 세대는 이미 세월의 저편 강 건너가시고 이제 그분들의 강건한 뿌리를 이어받은 후세대 2.3세대들이 대한민국 각 분야에서 두각을 나타내며 활동을 하고 있음에 참으로 큰 자부심을 갖고 있다. 남에게 절대 해를 끼치거나 폐를 끼치지 않고 지나칠 정도로 깔끔하면서도 당당하게 사는 생활 태도. 특히 황당한 허풍도 아니하고 강한 결벽성을 지닌 개성 깍쟁이 같은 근성은 조상님들께 물려받은 좋은 본보기임을 고맙게 생각한다.

고인이 되신 나의 남편 역시 평생을 의료인으로 봉사하는 삶을 사셨으며 먼저 남을 배려하며 올곧게 사시다 간 교육자요 의료인이었던 겸손하신 개성인이었음을 자랑하고 싶다.

우리의 희망인 송도지가 한결같이 지금까지 온 것은 결코 우연은 아니다. 송도인의 노력과 단합이 함께하여 오늘을 이룩하였다고 생각한다. 40여 년의 오랜 역사와 200회를 맞이한 귀중한 전통으로 작가님들의 정성스러운 옥고로 반가운 고향 소식을 전해온 송도지의 무궁한 발전과 건승을 기원한다.

고향 단상

애기봉에서 바라보는
철조망 따라 휴전선 넘어
저 멀리 그리운 개성 땅
송악산이 희미하게 보이네

정 많고 인정 많던 평화로운 고향 마을
조상님 모신 선영 마을

실향민 응어리진 가슴
망배단을 모셨네

칠십 년 넘도록 요지부동
언제쯤 허리띠 풀고
마음대로 오가나

외로운 그 세월을 숙명처럼 견디는 너
달을 보고 울었을까? 별을 보고 울었을까?
노을빛 서러운 연민 안고
언제쯤 고향에 돌아갈까?

한목숨 다시 태어나
움켜쥐는 사랑이여
애타는 그리움 안고
기약하는 내일이여

애절한 사연 가슴에 쌓인 채
부려놓는 우리 여정
천년의 열정으로 찾아가는
오늘의 꿈이여

2023. 8. 15.

노년의 지혜와 상실

"떠오르는 태양보다 지는 노을이 더 아름답다" 십여 년 전 내 작품 중에 이 글을 인용한 문장이 있었다. 분명 어느 것이 더 아름답다는 진리도 알고 있지만 나 자신 만족하려는 한낱 노년의 방패의 문장이고 억지를 부린 반항이었는지도 모른다. 잃는 게(젊음) 있으면 얻는 것(지혜)도 있는 것처럼 연륜이 쌓여갈수록 애써 위로하는 경우가 적지 않았기 때문이다.

우리가 살아가는 인생행로 중에서 노년기에 가져다주는 피할 수 없는 고독과 외로움 슬픔 등은 빙빙 돌아가는 계단과 같다. 노년은 자기 주도적 삶을 영위해 가는 적기인 동시에 아무도 상대해 주지 않는 늙음이라는 벽을 뚫고 마음의 평화와 안식을 자기 스스로 개척해 나가야 한다. 노인들만을 위한 세상은 이 지구상에 없다. 갈 곳도 쉴 장소도 여유 있는 공간도 마련하지 못했지만 살아 있음은 축복이다. 나이 들면 자연스레 근육이 빠져나가는 것처럼 상상력도 빈곤해 진다. 모든 것이 게을러지고 의욕이 없어지면 일단 매너리즘의 편형 성에 빠져들기 쉬운데 그럴 때일수록 상상력의 근육을 키우는 방법 은 계속 뇌에 자극을 주는 것이 옳은 방법이다.

나이 들어갈수록 신앙생활을 할 것을 권하고 싶다. 천주교든 개신 교든 불교든 자기가 믿는 종교나 종교가 없으신 분은 자기가 택한 신앙을 찾아서 마음의 평화를 찾는 것이 안정적이며 매일 감사한 생 활을 할 수 있다.

나 역시 남편이 저세상으로 간 지 반년이 지났지만 신앙과 믿음 생활 없이 그 힘든 시기를 어찌 지냈나 싶다. 아침 눈을 뜨면 제일 먼저 새로운 날과 평화와 건강을 주신 천주님께 감사기도 드린다. 누구에게나 다 같은 소망이 있듯이 나 역시 하루의 안녕과 가족의 무사함을 주님께 기원드린다. 기도가 끝난 후 나의 유일한 낙은 커 피 한잔의 즐거움이다. 커피 한 모금에 정신을 맑게 해 주고 두 번째 모금에는 상상의 하루를 설계해 주고 세 번째 마실 때는 온몸이 함 께 행복해지는 커피 마니아이다.

문밖에서 나를 기다리는 아침 신문 역시 나의 즐거운 일과 중 하 나다.
아침 신문을 읽지 않으면 무엇을 잃은 듯 허탈하고 신문에서 실어다 주는 새로운 뉴스는 나의 지식과 상식을 채워다 주는 보고이다. 신문 한 부에 책 삼백 권 분량의 정보가 있다는 얘기도 있다. 물론 TV에서도 많은 뉴스가 제공되지만 그저 스쳐 지나가는 미디어의 음성 녹화일뿐 속속들이 읽고 또 읽어 머리에 입력시키는 신문만이 최고의 나의 지식 창고이다.

늦게 문단에 데뷔하여 글쓰기를 시작하였다. 문학이란! 내 마음 문을 열어주고 살아가는 인생길에 정도를 제시해 주는 은총의 길임을 고맙게 생각한다. 스스로 자신을 수양하는 인내심을 기르며 슬픔도 아름답게 승화시키며 절망도 초연하게 받아들이며 분노도 미움도 용서와 화해로 용해시켜주는 내 영혼의 길이다.

세상은 많이 변했으며 변해가고 있다. 노인 존중 사상이란 오래된 박물관에나 갖다 버릴 현실이며 현대의학 발달로 노인 수명이 늘어나 100세 시대의 현시점에서 막대한 의료비용과 복지 비용은 자라나는 후세대에 떠넘겨야 할 서글픈 현실이다. 하지만 우리 인간에게는 생에 대한 욕망과 애착은 누구나 다 바라는 소망일진대 생과 사는 전능하신 신만이 아는 삶의 여정이다. 머지않아 미수를 바라보는 나이가 되어가니 참으로 먼 길을 온 것 같다.

긴 세월 속에 나 역시 희비 쌍곡선을 헤치며 때로는 자갈밭도 걸어오고 꽃길도 걸어오며 지나온 내 삶의 길·흥·화·복 돌아보니 애잔하면서 세상만사 일장춘몽 별것이 아니라는 것을 이제야 터득하면서 미련과 후회를 버린다.

노년의 지혜와 상실! 과연 어떻게 처신해야만 현명하고 지혜롭게 늙을 수 있을까 이것만은 공식이 따로 없다고 생각한다. 이 세상 모든 어르신이 바라는 소망은 첫째 건강, 둘째 경제, 셋째 다복함이다. 삼박자가 충족하게 늙어가는 노인은 드물 것이며 어느 한쪽의 건강과 빈곤 부족함이 그분들의 삶의 비애를 더 참담하게 하는 현실이다.

얼마 전 뉴스에서 우리가 존경하는 101세 철학자 김형석 연세대 명예교수님을 향하여 어떤 분이 인신공격을 하는 내용을 보면서 함께 늙어가는 나 역시 서글퍼졌다. 교수님이 요즈음 현 정부를 향하여 좀 비판하는 글을 쓰셨다고 "이래서 오래 사는 것이 위험하다"는 등 온갖 좋지 않은 말을 하는 그분의 상식을 의심하지 않을 수 없다. 정호승 변호사에게 한마디 하고 싶다. 당신은 늙지 않고 살 줄 아느냐고? 이 세상에 영원이란 존재하지 않듯이 당신 역시 늙고 초라한 노인네가 머지않아 될 것이라고…

우리나라 모든 어르신들이여!
우리 사는 날까지 용기를 잃지 말고 굳세게 긍정적으로 살아가기를 바랍니다. 누구나 홀로 왔다 바람처럼 사라지는 우리 인생의 진리를 터득하면서 한세상 기죽지 말고 열심히 살아갑시다. 누구나 육신이 늙어가면 온몸이 종합병원을 짊어지고 사는 것이 노년의 쇠퇴해 가는 과정이므로 너무 낙심하거나 비관하지 말고 긍정적으로 받아들이며 살아가는 것이 노인의 지혜입니다. 옛말에 삶은 고해라고 했듯이 힘들고 괴로우나 그래도 살아 있음에 감사하며 웃으며 삽시다.

　한순간 만이라도 헛되이 살지 말고 서로 사랑하며 보듬어 가며 삽시다.

　2022. 5.

우장산 찬가

마지막 남은 잎새가 앙상한 가지에서 떨고 있는 늦가을.

가을의 우수를 마음껏 음미해 보고픈 나에게도 변화하는 계절의 감성만은 살아 있나 보다.

가을… 네가 와서 기뻤고

네가 와서 행복했고

네가 떠나니 외로워진다

거실에서 바라보는 우장산은 사계절이 뚜렷한 환희를 우리에게 선물해 준다. 높지도 않고 크지도 않은 아담한 산. 베란다 앞의 나의 개인 정원 같은 이곳에 둥지를 틀고 산지 어언 20여 년의 세월이 지나갔다. 이곳 우장산 자락은 나의 제2의 고향이며 나의 지나온 한 세대 중년과 노년 시대를 함께한 정 깊은 보금자리다. 아침마다 베란다 창문을 열면 자연이 내뿜는 신선한 향기에 취해보며 무언으로 웅장하게 서 있는 우장산과의 은밀한 대화를 나누어 본다. 우장산은 침묵으로 묵묵히 서서 산을 찾는 이들에게 풋풋한 향훈과 길동무 역할을 해준다.

20여 년 전 아들이 결혼 후 여의도 직장 가까운 곳에 신혼집을 마련해 주니 주말마다 부모님 사시는 광장동 먼 거리를 찾아오는 것이 안타까워 남편과 의논하여 마침 강서구에 있는 옛 새마을운동본부 자리에 새로 지어 분양하는 롯데캐슬 아파트를 사서 이사 온 지 20여 년의 세월이 흘러왔다.

우장산 자락을 병풍 삼아 아파트 뒤 언덕길로 올라가면 한적한 숲길이 그윽이 펼쳐져 산을 찾는 모든 이들을 반겨준다. 강서구 제일의 산책코스인 이곳은 훈훈한 인간 냄새가 나는 정겨운 곳이며 산을 찾는 서민들의 휴식처. 산을 사랑하는 이들의 귀한 쉼터이다. 매일 아침 우장산을 운동 삼아 올라가는 것이 하루 시작의 큰 즐거움이며 높지도 않은 동네 야산이지만 그곳에는 없는 것이 없고 있는 것은 다 있다.

각종 운동기구가 산 곳곳마다 배치되어 있으며 잠시 쉬어가는 벤치마다 강서 구민 시인들의 시들이 목판에 새겨 가지런히 서 있으며 지나가는 등산객들이 잠시 쉬어 문학적인 시를 음미하며 감상해 보는 장소도 있다.

우장산이 자랑하는 쪽동백 군락지는 생태적 가치가 매우 높은 우리나라에서 몇 군데 안 되는 서식처이다. 우장산이라 하는 유래는 옛날 가뭄이 들었을 때 양천 현감이 기우제를 올린 데서 유래가 된다. 기우제를 올릴 때는 세 번에 걸쳐 하는데 세 번째 기우제를 올리는 날은 비가 쏟아지기 때문에 미리 비옷을 준비하고 올라간다 하여 우장산이라 하였단다.

우장산은 우리에게 뚜렷한 4계절의 감각을 일깨워 준다. 하루가 다르게 연록의 향연을 벌이는 봄을 지나 푸르른 녹음이 우거진 여름철에는 시원한 맑은 공기를 제공해 준다. 단풍이 붉게 타는 가을철에는 무한한 계절의 낭만과 오묘한 자연의 아름다움을 보여주며 낙엽이 우수수 떨어지는 초겨울에는 땅에 떨어지는 잎새 하나에도 세월의 허무를 느끼며 그 누군가를 아련히 그리워 혼자만의 고독을 음미한다. 그리고 겨울이 오면 하얗게 눈 덮인 나무 위에 곱게 핀 눈꽃은 예술의 극치이며 그 위를 사뿐히 걷고 싶은 충동이 일렁인다. 뽀득뽀득 소리 내며 눈길을 정상까지 올라갈 때는 왠지 모를 희망찬 감회에 또다시 새로운 봄을 기다리게 된다.

산을 오를 때면 이름 모를 산새들의 지저귀는 소리가 산의 교향곡인 양 내 귀를 흥겹게 하여준다. 한가한 오후 한나절 거실에서 커피 한잔을 마시며 우장산을 바라보고 있으면 내 마음에 평화가 온다. 아침 일찍 거실에서 문 열고 손 내밀면 손 닿을 듯 말 듯 하는 우장산 나무마다 간밤에 내린 무서리로 이슬이 방울방울 앉아 있는 것을 볼 때마다 참으로 신비한 생명의 환희를 나무에서 느껴 본다. 아마도 나는 내 생 다 할 때까지 우장산을 바라보며 행복해하며 이 둥지에서 살 것이다.

이슬

간밤에 무서리가
곱게 내리더니
이슬이 방울방울
곱게 내려앉았다

당신은 무얼 먹고 사나요?
보기만 해도 싱그러운
만지면 툭 터질 것만 같은
가여운 자태

애틋한 연민 안고
사라져 가는 애잔함이여
내일의 사랑 안고
또다시 나에게 오는 그리움이여

내 작은 정원에서

이른 아침 일어나면 제일 먼저 베란다 문을 열고 내 작은 정원에 인사한다. 잘 잤니? 사랑해!

내가 정답게 인사해 주면 꽃나무들은 해맑게 웃어주며 반기는 듯하다. 이 꼬마 정원의 존재가 나를 즐겁게 해 주면 나 역시 고맙고 행복한 찬사를 보내준다. 천지를 창조하신 조물주가 만들어 주신 말도 못 하고 듣지도 못하고 보지도 못하는 미물이지만 이들에게도 신비한 생명력이 있어 쳐다만 보고 물만 주고 햇볕만 주어도 활짝 피어나며 좋아하는 오묘한 식물의 생명력에 감동한다. 이런 작은 희열이 살아가는 의미인 것을 무심코 지나가 버린 아쉬운 순간들이 떠오른다.

언젠가 집을 비우고 긴 시간 여행 갔다 오니 모두가 축 늘어지고 목말라 하는 모습은 너무나 측은하고 가여웠다.

아 미안해 조금만 기다려 옷도 갈아입지 않고 곧 물주니 금방 해

맑게 다시 피어난다.

내 사랑 작은 정원아!

너를 바라보고 있노라면 금방이라도 나를 향해 활짝 웃어주며 찬란한 생명의 찬가를 불러주는구나.

어느 날 뱅갈 고무나무 한쪽 구석에서 침입자를 발견했다.

연두색 잎이 뾰족하게 발돋움하는 듯 세상 밖으로 나오려 용솟음친다. 잎은 하트모양으로 펼쳐지더니 흰 바탕에 선명한 녹색 잎색과 테두리를 그리며 예쁘게 자라기 시작하여 구글렌즈로 찍어 인터넷에 검색하였더니 심고나움이라는 관엽식물이다. 봄볕이 따스한 날 자그마한 화분에 옮겨 심어주고 정성을 들여 햇볕이 잘 드는 창가에 놓아 주었다.

싹을 틔운다는 것은 얼마나 신비롭고 경이로운 일인가를 생각하며 심고나움의 꽃말을 찾아보니 '환희'라는 뜻이다.

봄이 왔다는 기쁨을 이 환희라는 뜻에서 음미하며 나는 이 씨앗의 기다림의 미학에서 또 다른 환희를 느껴 본다.

우리가 살아가는 삶의 여정에서 우연치 않게 쓰임 받을 침입자를 만날 수도 있고 때로는 원치 않은 침입자를 대할 수 있다는 이 작고 미묘한 식물에서 싹을 틔우는 진리를 깨달았다.

이렇게 모든 것에 감사하며 긍정적으로 대하다 보면 더 오래 더 행복하게 살 수 있다는 낭만 시인 헤르만 헤세의 시가 생각난다.

full life with a grateful heart live a longer happier life.

한가한 오후 그윽한 차 한잔을 하면서 베란다 의자에 앉아 꽃들을 바라보고 있으면 무념의 언어들이 스멀스멀 녹아내려 원고지 위로 걸어 나온다. 급히 펜을 잡아내 작은 정원의 사랑 표현을 써 내려가면 엔돌핀이 저절로 솟아난다.

창밖을 보니 이슬비가 부슬부슬 내리고 있다.

오랜 가뭄과 미세먼지로 세상이 온통 희뿌연 한데 천금 같은 이슬비가 대지를 적셔주고 있다.

이슬비는 조용히 내리지만 땅속으로 스며들어 대지를 촉촉이 적시고 싹을 틔워 꽃을 피우며 마침내는 열매를 맺게 한다.

베란다에 있는 나의 사랑하는 꽃나무님들이 갑자기 이슬비를 보면서 가여워지며 애들이 저 창밖 넓은 땅 위에 있다면 이 고마운 이슬비를 얼마나 좋아하며 흠뻑 맞을까 생각하니 애들에게 미안하며 안쓰러워진다. 하지만 너희들은 나를 기쁘게 하는 것만으로 만족하며 지내라. 너희들은 나의 사랑 나의 행복. 언젠가 너희들 덕에 억만 금의 소중한 작품이 너로 하여금 탄생할지도 모르니…

나도 이슬비처럼 내 마음을 낮춰가며 인간의 마음을 사로잡는 그런 글을 쓸 날을 기대해 본다.

조용히 내실을 다지며 봄비같이 이슬비같이 목마른 이들의 마음을 적셔주는 그런 글을 쓰고 싶다.

내 작은 정원의 의자에 앉아 무수한 상념에 잠겨 있으려니 어느 사이 내 작품 구상의 상상의 나래가 뚜벅뚜벅 걸어 나오고 있다.

나 외로울 때 친구가 되어주는 나의 꼬마 정원아!

우리 함께 오래오래 같이 지내며 너희들을 위해 물주고 햇볕 주고 사랑 주며 정성을 다해 줄게.

찬란하고 아름다운 5월을 힘찬 환희로 맞이하며…

2023. 5. 그 어느 날

실버들의 화려한 외출

이른 아침, 똑같은 청색 잠바 유니폼을 입은 어르신들이 걸음도 경쾌하고 신나게 성당으로 모인다. 휠체어를 타고 남편이 밀어주시며 오시는 분, 걸음이 불편하시어 지팡이에 의지하여 있는 힘을 다하며 씩씩하게 오시는 분 모두의 표정에는 밝은 미소가 가득하다. 오늘이 바로 우장산 성당 시니어 아카데미에서 소풍 가는 실버들 외출의 날이다. 얼마나 고대하고 기다렸던 어르신들의 소풍날인가. 우리 모두의 마음은 그 옛날 어린 초등학생 시절 들뜬 모습 그대로이며 하늘마저 우리를 축복하여 주시는지 구름 한 점 없는 아침 해가 붉게 떠오르기 시작한다.

행여나 지각이나 할까 헐떡거리며 오시는 노인 학생들의 모습에서 비록 육신은 퇴색해 가지만 마음만은 젊음이 넘치는 환희에 즐거움이 보인다.

성당 경내에서 신부님의 잘 다녀오라는 축원 기도를 마친 후 모두 버스에 오르기 시작하였다. 그중에서 내 마음을 뭉클하게 감동을 주는 두 분. 나이 드신 형제분이 몸이 불편하신 마나님을 휠체어에 태우고 힘겹게 버스에 올라타는데 옆에 계신 모든 분의 마음을 숙연하게 하였다. 얼마나 바깥나들이를 하고 싶었으면 불편한 몸을 휠체어에 의지하고 오실까? 나이 드셔도 변치 않는 아름다운 부부애, 서로를 위하고 보듬고 사는 영원한 인생의 동반자.

여기 오신 모든 분은 이렇게 가정을 지키고 자식을 키우며 열심히 살아온 평범한 믿음의 신도들이다.

버스는 그림같이 아름다운 한강 변을 끼고 경춘가도를 신나게 달리고 있다.

오늘 가는 목적지는 우리나라 최북단 끝자락 항구 '대진항'과 오래전 6·25 사변 전 김일성 별장이 있던 '화진포'로 간다. 그곳이 사변 전에는 38선 이북 땅이었기에 풍광 좋은 강원도 해변가에 김일성 별장을 지었나 보다.

우리 노인 학생들은 어린 시절 소풍 갈 때 들떠 있던 마음과 같이 약간 흥분에 들떠 있기에 베로니카 음악 선생님의 지휘로 1반 2반 양쪽으로 나누어 어릴 때 불렀던 동요를 손뼉 치며 번갈아 부르는 실버 학생들은 천진난만한 초등학생 모습 그대로이다.

인간이란 모두가 70~80세가 넘으면 못나고 잘난 사람이 따로 없다.

다 같은 인간 본연의 자세로 부귀영화도 따로 없으며 다만 얼마나 후덕하고 화평한 마음가짐으로 이웃을 사랑하며 보람되게 살아왔느냐가 삶의 성공 여부를 좌우하는 것이다. 이곳에 계신 어르신들의 모습에서는 그동안 살아오신 삶의 훈장인 듯 모두가 주름진 환한 얼굴에는 하느님을 섬기며 열심히 살아오신 흔적들이 고스란히 나타나고 있으며 삶의 역사가 있고 열심히 인생을 완주하며 살아온 지혜가 있는 자매님 형제님들.

모두가 나의 신앙의 선배님이며 우리 공동체 모임이다.

또한 이분들에게서는 그토록 열심히 살아왔던 삶의 역사가 있으며 더 잘나고 못난 사람 없이 낮은 자세로 그분을 섬기며 신앙생활을 함께하는 사랑과 신앙의 모임. 우리가 살아가면서 나뭇가지를 스치듯 인연은 소리 없이 다가오고 또 지나쳐 간다.

이제는 만나는 인연 보다 보내야 하는 인연이 더 많은 세월만 남았다. 하루를 살면 그만큼 더 줄어드는 세월과 인연들… 그동안의 부질없었던 세속적인 삶과 욕망, 허망한 이기심 훨훨 털어버리고 오직 긍정적으로 남은 인생 즐겁게 살게 해 달라고 마음속으로 다짐하여 본다.

차창 밖으로 스쳐 지나가는 강원도의 아름다운 풍광과 절경을 감상하며 가다 보니 어느새 우리 일행은 첫 목적지인 대한민국 최북단 항구 대진포항에 도착하였다.

비수기라 깨끗하고 조용한 푸른 바다와 잔잔한 파도만이 우리 일행을 반겨주며 예약해 놓은 식당에서 푸짐한 회 정식 성찬으로 점심을 먹으니 금강산도 식후경이라 세상만사 부러울 것 없는 것 같았다. 저 멀리 바라보이는 푸른 바다와 오늘따라 잔잔한 수평선은 그림의 한 폭 같이 정겨워 보인다.

다시 버스는 우리 일행을 싣고 다음 목적지인 옛 3·8 이북이었던 김일성 별장이 있는 화진포로 향하였다.

화진포는 절경이었다.

동해와 인접해 자연풍광이 수려하고 면적 72만 평에 달하는 광활한 호수 주위에 울창한 송림이 병풍처럼 펼쳐진 국내 최고의 석호이다. 호수 바로 앞에는 해변과 맞닿아 있는 우리나라 군용 콘도가 있는데 콘도에서 바로 나가면 해변과 맞닿아 있는 편리한 천혜의 절경이다. 최북단 해수욕장으로는 규모가 가장 크며 1.6㎞ 해안선을 따라 펼쳐진 백사장 주변의 울창한 소나무, 맑은 호수, 기암괴석 등 자연풍경이 참으로 수려하다. 산 정상에 그림처럼 호숫가에 떠 있는 듯한 김일성 별장은 아마도 6·25 사변 전에 건립된 듯하다.

해 질 무렵 석양의 화진포 호수 경치는 보는 이의 넋을 빼앗을 정도로 아름답다. 나는 무릎관절 수술을 받은 지 얼마 되지 않아 산 정상까지는 올라갈 수 없어 김일성 별장 구경을 못한 것이 못내 아쉽지만 호수가 벤치에 홀로 앉아 그곳을 올려다보면서 혼자만의 상상에 잠겨 보았다.

70여 년 전, 김일성이 그곳을 드나들면서 남쪽을 적화 통일하여 무력으로 남쪽을 빼앗으려 동족상쟁의 6·25 전쟁을 준비하며 구상하였던 비극의 장소이다. 아이러니하게도 지금은 우리나라의 관광 명소로 탈바꿈하였으니 과연 역사는 영원한 증오도 화해도 없이 흘러가나 보다.

어둠이 살포시 하늘을 덮을 무렵 우리는 귀경길에 올랐다.
즐겁고 행복한 에너지가 어르신들의 몸에 여전히 남아 있어 귀경 버스 안에서도 T.V. 화면을 틀어놓고 흘러간 노래들을 쉴 줄 모르고 부르며 서울로 왔다. 참으로 행복하고 즐거웠던 실버들의 찬란한 외출이었다.

이 모든 고마운 소풍이 성사되기까지 물심양면으로 후원해 주신 성당 필립보 주임 신부님, 시니어 아카데미 안 학장님, 담임 선생님과 봉사자 여러분에게 진심으로 감사한 마음 전한다.

2018. 10.

불행한 행복자

인간이란 참으로 오묘한 동물이다.

지구상의 다른 미물보다 시기 질투 욕심이 강하고 남이 잘되는 것 못 봐주는 인간 군상들이다. 나 역시 한때는 다른 집 아이들과 비교하며 내 자식들은 왜 잘된 남의 집 자식들처럼 못할까 혼자 마음 상해가며 지낸 적이 있었다. 그러나 어느 한순간 나 자신에 큰 뉘우침을 하면서 반듯하고 건강하게 자라온 내 아이들에게 고마움과 마음 속 깊이 회한의 용서를 빈다.

우리 이웃에는 두 모녀가 서로 의지하며 외롭게 살고 있는 가정이 있다. 엄마는 얌전한 미모의 중년이고 딸은 20살이 넘은 태어나면서부터 심한 장애인이다. 이 두 모녀는 어디를 가나 함께 다닌다.

보통 장애인 자식을 둔 부모들은 부끄럽다고 방 안에서 나오지 못하게 하는데 이 엄마는 딸을 꼭 데리고 다닌다. 잘 걷지도 못하고 손도 한쪽은 마비되어 잘 움직이지 못하는 딸을 어디 가든지 항상 데리고 다닌다. 슈퍼를 가든 목욕탕을 가든 어디든지 운동을 시켜야 한다며 손을 꼭 붙잡고 다니며 간혹 마주치는 사람들에게 어찌나 상냥하게 인사도 잘하는지…

항상 미소 지으며 웃는 이 엄마에게서 나는 사랑을 배운다. 나에게 주어진 막을 수 없는 운명이며 십자가인 양 겸허히 받아들이며 열심히 생활한다.

한가한 어느 오후, 목욕탕에서 두 모녀와 마주쳤다. 딸은 나를 보더니 할머니 오셨다고 반가워한다. 사람이란 자기에게 잘해주면 고마워하고 좋아하는 인간 본능이 이 아이에게도 충만한가 보다. 엄마와 옆에 앉아 이런저런 세상 이야기, 장애아를 키우는 힘든 일들을 친정어머니에게 하듯이 진솔하게 담담히 이야기해 준다.

우리나라에서 장애인으로 살아간다는 것은 작은 형벌이라고. 장애인을 받아주는 교육기관은 전무하다시피 하고, 특수교육 기관은 있지만 모든 여건이 쉽지만은 않다고 한다. 힘들게 기초교육은 받았지만, 사회에 나오면 이들을 받아주는 곳은 흔치 않다고 한다.

세상의 그늘에 숨어 살며 장애인들은 냉대와 멸시를 감내하며 살아가야 하는 그들만의 운명, 선진국을 지향하는 우리나라가 해결해야 하는 부끄러운 숙제일 것이다.

어느 신문 기사에서 읽은 한국판 스티븐 호킹이라는 서울대 이상묵 교수의 감동적인 휴먼 스토리가 기억난다. 몇 년 전, 미 서부 '데스밸리' 사막에서 지질 탐사 중 자동차 전복 사고로 목 아래 전신이 마비되는 중상을 입었다. 다행히 뇌는 다치지 않았기에 오랜 세월 재활 치료를 받으며 재기할 수 있었던 것은 미국이란 사회에서 가능할 수 있었던 기적이었다. 재활치료사 한 명당 환자 한 명을 맡아 성심껏 치료하여, 마침내 대학 강단에 복귀할 수 있었다. 얼굴만 빼고 전신을 움직일 수 없어 전동 휠체어에 온몸을 벨트로 고정시키고 다닌다. 빨대 같은 마우스를 컴퓨터와 연결하여 불어넣어 강의를 한다.

장애인들에게 줄기세포가 구세주가 아니라 '빌 게이츠'가 구세주라고 말한다. 이상묵 교수님의 휴먼 스토리를 접하면서 나 자신 무어라 형언할 수 없는 짜릿한 감동을 받았다. 인간의 한계를 뛰어넘은 삶의 승리자! 하지만 어려운 여건을 딛고 다시 학교로 복귀하기까지는 물론 주위의 많은 도움과 학교 당국의 배려가 있었을 것이다.

딸의 엄마는 말한다. 장애가 있는 사람들은 다만 장애인일 뿐,

결코 부끄럽거나 수치스럽지 않다는 것을 세상에 항변하고 싶다고 한다.

엄마의 말은 다시 이어진다.

이 아이는 눈물로 피어난 내 딸이라고 말한다. 태어나면서부터 이상이 있는 아이라고 알게 되었을 때, 하늘이 노랗고 눈물도 나지 않았단다. 충격으로 미역국도 넘겨지지 않고 할 수 있으면 어디론가 보내 버리고 싶은 심정이었다고 한다. 설상가상으로 아이가 5살 때 아버지는 저세상으로 가고 그해 겨울, 폐렴으로 뇌경색을 일으켜 M.R.I 촬영 결과 깨어나도 더 심한 장애인이 될 거라는 의사 선생님의 말씀에 그녀는 하느님, 언젠가 저 아이를 데려가시려면 제발 지금 데려가 주세요! 아픈 아이 앞에서 이렇게 매몰차게 기도하였단다. 얼마 후 혼수상태에서 아이가 거짓말같이 눈을 떠 엄마를 원망하는 눈으로 쳐다보는 것 같았다고 한다.

엄마 나 살려줘 하는 구원의 눈빛으로!

그때부터 딸은 내 생명이며 내 죄가 많아 딸이 장애인이지 딸의 잘못이 아니라고! 딸은 내가 이 세상에 존재할 수 있는 하나의 큰 의미이며 힘이라고 말한다. 내 몸이 다하는 날까지 최선을 다해 딸을 키우겠다고 미소짓는 엄마의 얼굴에서 인자하고 사랑이 넘치는 마리아를 바라보는 듯하였다.

오늘도 딸의 몸이 굳어지지 않게 운동시키려고 아파트 단지를 손을 잡고 걷고 있는 두 모녀의 뒷모습을 창가에서 내려다보고 있다. 그 뒷모습이 어찌나 아름다운지! 문득 저들은 이 세상의 속된말로 불행하면서도 내면의 세계는 행복하다고 마음속으로 응원해 주고 싶다.

예쁘게 살아가는 이들 모녀 '불행한 행복자'들의 가는 길 내내 축복 있기를 빌어 주었다.

나 가진 것은 없지만
그대에게 줄 것 하나 있습니다
그것은 사랑입니다

나 가진 것은 없지만
그대에게 줄 것 하나 있습니다
그것은 기쁨입니다

나 가진 것은 없지만
그대에게 줄 것 하나 있습니다
그것은 소망입니다

나 그대에게 준 것은 준 것이 아닙니다
그대가 받아가야 할 것을
마땅히 주었을 뿐입니다

제 3 부

삶의 이정표를 향하여

봉사는 사랑이다

　봉사는 사랑이며 사랑은 나 자신의 만족과 함께 헌신한다고 말하고 싶다.

　미수를 바라보는 이 나이에 글 쓰는 봉사를 《송도지》와 여러 월간지에 투고하고 있음에 나 자신 자부심을 느끼고 있다. 글을 쓸 수 있는 건강과 능력 주심을 신께 감사하며 좋아하는 문학의 길을 갈 수 있는 달란트와 나의 작품을 읽어 주신 모든 분들께 고마운 마음 전하고 싶다. 이렇게 모든 것을 긍정적으로 생각하니 행복하며 봉사의 삶은 본인 자신의 만족이며 즐거움이라는 것을 느끼며 감사는 몸과 마음의 최고의 보약이다.

　덕분에 경기도 이북 5도청과 개성시민회에서 추천하여 영광의 통일부 장관상을 2021년도 저물어 가는 12월에 수여 받았다. 이북 오도청 대강당에서 상을 받을 때 미수복 경기도 중앙 도민회 윤일영 회장님께서 특별히 과분한 말씀을 나에게 하시기에 몹시 당황

하였다.

"호명자 선생님께서는 좀 일찍 드려야 할 상인데 너무 늦게 드렸다"고 아마도 송도지와 내가 오랜 세월 인연을 맺고 있은 줄 알고 계신 것 같았기에 그런 말씀을 하신 것 같았다.

아들딸 가족이 꽃다발을 갖고 어머니의 영광스러운 상을 함께 축하하려고 나란히 수여 식장에 함께 앉아 있으니 참으로 감개가 무량하였다.

반평생 자칭 문필가 생활하다 보니 여러 곳에서 문학상은 몇 번 받아봤지만 이렇게 큰상은 처음 받아 본다.

글을 쓰는 일이란 쉽지 않은 정신노동이며 인고의 길이다. 써야 할 글감이 떠오르지 않아 밤새 컴퓨터 자판기를 두들기다 지워버리고 마음에 들지 않는 글을 쓸 때는 찢어 버리면서 고뇌의 밤을 지낸 날이 수없이 많은 세월을 보냈다.

머리에 흰 서리가 얹혀 갈수록 글 쓰는 감정은 점점 무디어져 가며 글감을 찾기란 힘들어 간다는 것이 솔직한 고백이다. 때로는 아마도 나는 글 쓰는 재능이 모자라는구나 생각하며 절필을 하려고 한동안 중단한 적도 있었다.

하지만 그 놓칠 수가 없는 문학 사랑이 가슴 속에서 다시 용솟음쳐 절필할 수가 없었다. 내 영혼을 살찌우고 기름지게 해 주던 그

꿈. 문학 사랑을 어찌하랴? 저명하신 나의 은사님께서 강의하신 명강의가 지금도 기억에 남는다. "글은 혼과 마음으로 쓰라고 펜으로만 쓰지 말고."

진정 혼으로 쓰는 그런 글을 쓰고 싶은 마음 간절하다. 글 속에 지닌 절실한 언어. 독자의 가슴에 빗살처럼 꽂혀 감동을 줄 수 있는 그런 글을 쓰고 싶다. 하지만 아직은 내가 만족할 만한 글 다운 글을 써보지 못한 것이 매우 부끄럽다.

글을 쓰려면 많은 독서를 하고 모든 사물을 통찰하여야 한다. 읽는다는 것은 아직 지적 호기심이 남아 있다는 증거이기에 나 자신이 나를 혼자 다독여 본다. 내가 아직 읽고 쓸 수 있는 능력 주심은 복 받은 삶이라고 만족하며 감사한다.

오랜 세월《송도지》에 기고한 나의 작품들을 살펴보니 너무나 부족하였다는 점을 솔직히 고백한다. 고향을 잃고 애타게 그리워하는 실향민들의 고뇌를 얼마나 따뜻하게 보듬어 주며 위로하는 글을 쓰지 못하였음을 후회한다.

내 글을 통하여 개성인들의 긍지와 자부심을 가지고 열심히 사신 독자들에게 무한 감사한 마음 드린다.

이제 우리 실향민 1, 2세대들은 거의가 저세상으로 떠나시고 나 역시 머지않아 송도지의 무대에서 사라질 때가 가까워지고 있는 듯하다.

바라건대, 오랜 전통과 역사를 지켜온 존귀한 향토지를 영원히 보존할 우리 개성인의 후손 3세대 4세대들이 많이 나타나 부모님 세대의 근면함과 고향을 사랑하는 애향심을 본받아 더 훌륭한 송도지를 이어가기를 바란다.

우리 개성인들은 특히 정체성이 강하다. 근면하고 정직하고 자존심 강한 정체성이 오늘날 그들을 굳건하게 닦아놓았다. 오래전 한국동란 때 빈손으로 남하한 개성인들이 오늘날처럼 단단하게 타향의 황무지에서 뿌리를 내리게 된 것은 그들의 완벽하고 세밀하고 확실한 정체성의 기반이 있었기 때문이다.

내 방 책장에는 그동안 송도지에 내 작품을 기고한 책들이 한 권도 빠짐없이 다 진열되어 있다. 그 어떤 보물보다 귀하고 값진 20여 년 동안 봉사한 흔적이며 봉사한 삶은 스스로 만족하며 행복하다.

신이 내 인생에 조금만 더 오랜 시간을 앞으로 허락해 주신다면 이제부터라도 내 이웃을 위한 내 능력껏 도우며 봉사하며 살고 싶다.
나의 유일한 달란트인 재능기부 봉사도 하고 외로움과 고독함에 사시는 요양원 어르신들을 방문하여 정감이 넘치는 시 낭송도 하고 싶은 아직도 놓치고 싶지 않은 나의 소박한 꿈이다.

이 세상에서 가장 부유한 사람은 가슴이 넉넉한 사람이다.

이 세상에서 가장 착한 사람은 먼저 남을 생각하는 사람이다.

이 세상에서 가장 지혜로운 사람은 항상 즐거움으로 사는 욕구가 충만된 사람이다. 우리 다 함께 남은 인생 후회 없이 즐겁게 살아가기를 바란다.

할머니 시 낭송가

오늘도 아침 집안일을 마친 후 서둘러 집을 나선다.

사람들이 붐비는 전철 속에서 수첩에 적은 작품들을 외우고 보면서 ○○복지관으로 낭송 봉사하러 간다.

어떤 작품으로 여러 어르신께 감미로운 시 낭송 봉사를 해드릴까 항상 내 머릿속을 맴도는 것은 좋은 작품 구상이며 신께서 나에게 주신 좋은 목소리로 낭송 봉사하는 것도 나의 달란트로 이웃과 함께 하는 행복한 삶의 일부이다. 문학의 향기를 널리 전하는 낭송가로서 또한 삶의 깊이가 느껴지는 글을 쓰고 싶은 갈망은 그칠 줄 모르고 내 마음속에서 잔잔히 흐르고 있다.

아직도 나를 필요로 하는 곳은 어디든지 즐거운 마음으로 간다. 양로원이나 복지관 정신적으로나 심적으로 아프신 노년의 어르신들을 위로해 드리기 위해 나의 정성을 다해 시와 수필을 낭송해 드린다.

작년 모 구치소에 가서 시 낭송을 하였을 때의 기억이 새롭다.

200여 명의 재소자가 넓은 강당에 모여 앉은 분위기는 산만해 보였다. '한국문협' 소속 시낭송분과위원들이 다 함께 그곳에서 낭송 봉사를 하였는데 처음에는 모두 시큰둥한 표정에 우리를 받아들이지 않는 분위기였다. 회장님의 인사 말씀 뒤에 은은한 음악과 함께 대한민국이 알아주는 대표 낭송가 선생님이 힘차게 정적으로 감정을 맞춰가며 낭송을 한 후 20여 명의 낭송인들이 저마다의 기량과 열정을 다하여 낭송을 하니 장내는 숙연하고 앞자리에 앉은 분의 눈에서는 약간의 이슬이 맺히는 것을 보면서 우리 모두 보람을 느껴보는 순간이었다.

특히 그날은 어버이날의 전날이기에 그분들의 마음을 흔들어 놓은 듯하다. 마지막으로 나의 시 「어머니의 손」을 낭송할 때는 장내가 조용한 감동이 흐르는 듯하던 참으로 뜻깊었던 하루였다.

어머니의 손

어머니의 손은 요술쟁이 손
세월의 흔적 포개 놓은 채

앙상한 두 손에서
오묘한 미각이 나오는 마법의 손.

어머니의 손은 승리의 손
긁히고 할퀴고 살아온
손 끝마디마다
주름진 자국은
인고의 세월 이겨낸 승리의 손.

어머니의 손은 기도의 손
동트는 새벽마다
땀방울 맺히도록
간절히 가족 위해 기도하는
거룩한 합장의 손.

문득 지나온 날을 회상하면 물안개 같은 아련한 그리움이 샘 솟는다.

꿈같이 지나온 세월이 어제인 듯하면서 혹은 아주 먼 기억 저편 아득한 먼 곳에 있는 듯하다. 내가 낭송과 마이크로 인연을 맺기 시작한 것은 아주 옛날 70여 년 전 한국 전란으로 온 국민이 피폐한 삶을 살고 있던 시절.

교육부에서 전국 학생들에게 애국심을 일깨워 주기 위해 전국 웅변대회를 열었다. 그 당시 여고 학생이었던 내가 학교 대표로 나가 우수상을 탔으니 순식간에 학교의 스타가 되었다.

요즈음처럼 차가 거리에 많지 않던 시절, 3·1절 행사 때나 8·15 행사 때면 전국 학생들이 애국 거리행진을 하며 구호를 외치는 행사 중의 큰 행사 때마다 나는 우리 학교 대표로서 맨 앞에서 차를 타고 마이크를 잡고 힘차게 전 국민에게 애국심을 호소하였던 것이 나의 마이크와의 첫 인연이었다.

물론 전쟁 후에 온 나라가 혼란스러웠고 북한과의 전쟁 공포가 삼엄하였을 때이다. 전란 중에도 보람과 긍지를 가슴에 담고 지낸 추억어린 여고 학창 시절이었다.

그 후, 결혼 전까지의 나의 직장 생활과 마이크의 인연은 계속되었다. 잠시의 성우 생활과 아나운서의 짧은 시기를 지나 주부로서의 의무가 거의 풀려갈 무렵 다시 시작한 제2의 삶은 그 옛날 동경하였던 문필가와 마이크를 다시 잡게 하여줌을 감사하며 시인, 수필가, 낭송가로서 나의 열정이 소진할 때까지 가고 싶다.

어느새 내 인생에 운명처럼 비집고 들어와 자리 잡고 있는 그 무엇!
이미 떼어 놓을 수 없는 인연을 한없이 사랑하면서 내 기억이 희미해질 때까지 간직하며 포용하고 싶다.

오늘도 하루의 행복한 일과를 마치고 돌아와 컴퓨터 자판 앞에서 두드리고 소리 내고 공부하고 있다. 공부는 정년이 없으며 끊임없이 노력하고 연마하면서 나의 문학적 미로를 찾기 위해 상상력을 동원시켜야 한다.

시 낭송 또한 소리 내어 읽으며 연습을 꾸준히 해야 한다.
좋은 시와 수필의 선택과 이해
  * 표준 발음
  * 감정 표현
  * 고저 장단

태도와 준비 모든 것이 합쳐져 완성되어야만 진정한 낭송가로서의 반열에 오를 수 있다.
앞으로 나의 체력이 얼마나 활동할 수 있을지 모르지만 할 수만 있다면 더 많은 곳에 가서 봉사하고 일하고 싶다.

내 낭송을 들은 많은 어르신이 고난 뒤에 오는 평온처럼 절망 뒤에 오는 희망처럼 그분들의 가슴에 꽃피워주는 진솔한 친구가 되어주며 모든 Silver 어르신들께 용기와 힘을 드리고 싶다.

2020. 8.《월간문학》

국력은 경제의 힘이다

외출 시 별로 바쁘지 않으면 나는 대중교통을 이용한다.

집 근처 지하철역까지 버스 타고 가서 시내에 나가는데 정확하게 낮 약속 시간을 지켜주는 나의 자가용 같은 지하철이다.

우리 집 아파트 앞에는 각 지역으로 가는 버스 노선이 많지만 유독 60번 버스를 타지 않는 이유는 주로 외국인 노동자들이 많이 탑승하는데 더운 여름철 버스에 올라타면 이상한 역겨운 냄새가 코를 찌르며 멀미가 나기에 할 수 없이 피할 때가 있다. 아마도 그쪽 방면에 공단이 있는지 60번 버스에 많이 탑승한 파키스탄, 미얀마, 필리핀 노동자들이 초라한 행색으로 지나간다.

나의 속마음과 행동에 어느 날 문득 나 자신을 뉘우치며 회개하며 반성하여 본다. 언제부터 내가 무엇이 잘났다고 그들을 무시한 나의 속마음을 남들이 알았다면 얼마나 비웃을까? 그들은 우리나라에 와서 열심히 돈 벌고 일하는 한 가정의 가장이며 우리나라의 기초산업을 도와주는 산업 역군인데 고마워할 줄 모르고 오히려 무시하였던 내가 한없이 부끄러웠다.

반세기 전 우리나라도 저들과 비슷한 최빈국에 속해 있었던 나라 중에 하나였음을 잊지 말아야 한다. 젊은이들은 일자리를 찾아 세계 어느 곳이든 모래바람 날리는 열사의 나라 중동 사막의 오지에서도 동남아 정글 속에라도 돈만 벌 수 있다면 내 몸 하나 아끼지 않고 용감하게 갔었다. 현재 우리나라에 와서 일하는 외국 노동자들보다 더 비참한 환경에서 해외에 나가 고국에 있는 가족을 부양하며 달러를 벌어왔던 지난날 우리 세대 산업 역군들이었다.

국력은 곧 나라의 힘이다

나라가 경제적으로 빈약하면 국민이 해외에 나가서도 외국인들이 우리를 얕잡아 보는 것은 당연하다.

나 역시 오래전에 경험해 보았던 기억을 더듬어 보니 서글픈 미소가 지어진다. 한국 전쟁 직후 미국에서 우리나라 향학열이 있는 학생들을 풀브라이트 재단이나 한미 재단을 통해서 유학의 기회를 많이 제공했었다.

아마도 나의 20대는 무척 향학열이 심했다. 미국 남쪽 시골 대학에 전 장학금을 받고 갔지만, 어학이나 다른 면에서 미국 학생들보다 떨어지기에 더 열심히 공부할 때다.

어느 날 우연히 기숙사 식당에서 점심 식사를 하고 있을 때 후식으로 아이스크림이 나오니 앞자리에 앉은 얄미운 미국 여자친구가 나에게 "너희 나라에도 아이스크림이 있니?" 하고 묻길래 나는 옆에 많은 학생이 있는 앞에서 그런 질문을 하는 그 애가 밉고 화도 많이 나서 "물론 있다. 아이스크림 없는 나라가 어디 있니? 너는 예의 없이 그런 질문을 하느냐"고 한바탕 해 주고 식탁을 박차고 일어나 내 방에 와서 한참 울었던 기억이 난다. 그 시절에는 온 세계가 인정하는 최빈국 대열에 끼어 있었던 나라이기에 얄미운 미국 애도 그런 질문을 할 수밖에…

많은 세월이 쏜살같이 힘차게 지나갔다. 도약하고 발전한 대한민국.

우리도 선진국 부럽지 않게 최첨단의 과학 기술과 능력으로 경제 대국 10위권에 진입하여 부강한 나라로서 자부심에 벅차지고 있었다.

세계 어느 큰 도시에 가나 도심 중앙에 자리 잡은 자랑스러운 우리나라 대기업의 간판… 현대, 삼성, LG, SK들이 버티고 있는 것을 바라보며 참으로 격세지감의 긍지를 느끼며 돌아왔다.

10여 년 전 국제 존타(Zonta International Women's Club 세계 전문직 여성 봉사단) 회의 참석차 한국 회원들을 인솔하고 미국 L.A.총회로 갔을 때의 에피소드다. 미국의 관문이지만 많은 인파와 까다로운 입국 절차 때문에 시간이 많이 지체되다가 겨우 우리 차례가 되었을 때 이민관의 통상 질문인즉 "미국에 온 목적이 무엇이냐?"고 묻길래 나는 서슴없이 "첫째는 국제 Zonta 회의에 참석하기 위해서고 둘째는 관광과 쇼핑을 하며 너희 나라에 와서 돈을 쓰려고 한다." 자신만만하게 대답하였더니 이민관이 웃으며 "Okay have a good time!" 하며 여권에 도장을 쾅쾅 찍어 주었다. 이것이 바로 국력의 힘이다.

우리나라가 잘 사니 해외에 나가서도 떳떳하고 어깨가 으쓱해지는 것은 바로 국력과 재력의 힘이다. 일행과 함께 호텔에 도착하여 휴식을 취하며 덕담을 나누다가 반세기 전 미국 친구에게 수모를 당했던 사건을 말하며 한바탕 웃었었다(너의 나라에도 아이스크림이 있냐고).

그 당시와 오늘의 이민관에게 당당하게 응답했던 사건과 오버랩되며 참으로 격세지감을 느낀다.

우리나라 국민에게는 개인적으로 좋은 능력과 열성 그리고 우수한 IQ를 가지고 있어 각자 노력한 만큼 잘사는 나라를 이룩할 수 있다.

하지만 건국 이후 우리는 불행하게도 좋은 지도자를 만나지 못한 것이 안타까운 일이다.

우리 세대는 한평생 공산주의와 싸우며 민주주의 대한민국을 이룩한 반공주의자 평화주의자들임을 잊어서는 안 된다. 과거 IMF를 이겨낸 우리이며 금 모으기를 하여 장롱 속 아껴두었던 금을 꺼내 금 모으기 운동에 동참하여 국가 부도를 이겨냈던 대한민국 국민이다. 지금 나랏빚이 1,000조 원 이상이라지만 우리 국민이 합심하여 포퓰리즘 정치를 퇴장시키고 분배보다 성장을 외치는 의로운 국민이 궐기하기를 바란다. 분명히 경제의 힘은 부강한 국력이다.

다행히 하늘이 우리나라를 도와주셔서 이번 대선에서 새로운 대통령이 탄생하셨다. 제일 먼저 우리 국민이 새 대통령에게 바라는 것은 국민만을 바라보며 국민의 아래에서 겸손하게 나라를 이끌어 가는 대통령을 바란다. 제왕적 대통령 불통 대통령이 되지 말고 공정과 상식으로 국정을 바르게 운영해 주기를 바란다.

분명히 경제가 부흥해야만 부강한 나라가 되며 온 국민이 활기차게 살 수 있다.

2022. 3.

광화문 광장

한가한 주말 오후. 식구들과 함께 시내 나들이를 나갔다.

종로에 있는 한식집에서 식사 후 날씨도 화창하기에 오랜만에 광화문 쪽으로 산책 겸 걸어가기 시작하였다. 그런데 이게 웬일인가?

서울의 중심부인 광화문 광장과 세종로가 엄청난 시위부대로 도로가 마비되고 교통이 정체되어 접근하기도 어려울 정도로 보행에 불편을 겪으며 차량 통행에도 제한을 받고 있으니 지나가는 시민들에게 무자비한 공포로 주말 시위의 메카가 되어 버렸다. 경찰들은 많아도 멍청히 서서 보고만 있고 누구 하나 말리는 이 없는 폭도들의 무법천지 같았다.

무슨 단체 소속 깃발을 단 간판과 무슨 단체 천막들은 그리 많은지? 그들의 폭력적이고 위압적인 행태에 지나가는 시민들 대부분

호응하지 않고 등 돌리고 있다는 것을 실감했으면 한다. 민주주의 기본인 대화와 타협을 통해 원만하게 해결하였으면 좋으련만 모두 거리로 뛰쳐나와 자기네들의 이득과 정치적인 이념의 투쟁으로 사생결단을 하려고 하니 이 나라의 위정자들은 무엇을 하고 있으며 어디로 가고 있는지? 안타깝기만 하다. 우리의 자랑스러운 광화문 광장이 왜 이 지경이 되었는지 답답하기만 하다.

광장이란! 그 고장의 얼굴이며 상징이다.

모든 도시는 광장을 중심으로 문화가 이루어진다. 우리나라를 찾는 많은 외국 관광객들도 제일 먼저 찾는 곳이 광화문 광장이다. 한국의 숨겨진 매력과 정서들이 광화문 광장에서 그 위력을 과시하며 우리의 위대한 영웅 이순신 장군의 동상과 세종대왕의 동상이 위풍당당하게 버티고 서계시는 광장.

수많은 외국인 관광객들이 동상 앞에서 카메라 셔터를 누르고 그들의 피날레를 마감하는 자랑스러운 우리의 광화문 광장이다. 한편에서는 데모부대가 아우성을 지르며 무엇을 성토하는 이율배반적인 광화문 광장의 두 모습은 참으로 부끄러운 모습이다.

언제쯤 그 흉물스러운 피켓 부대와 천막부대는 없어질지? 온 서울시민과 외국 관광객들이 자유를 만끽하며 평화롭게 거닐어보는 날을 기대해 본다.

나 역시 외국 여행 중에는 제일 먼저 그곳 도시의 중심 광장을 찾는다. 파리에 가면 콩코드 광장에서 그 나라의 과거 역사를 상상해 보며 프랑스 혁명 때 성난 물결 속에 단두대의 이슬로 사라져 간 귀족들의 비극을 잠시 생각해 본다.

우리나라 정권을 바꿔놓은 촛불 데모와 세력이 프랑스 혁명과 비슷하다고 말하지만, 엄연히 다르다고 나는 생각한다.

프랑스 혁명이 혁명적인 것은 루이 16세와 마리 앙투아네트를 처형했기 때문이 아니라 '자유' '평등' '박애'에 기초한 공화국이라는 새로운 정치 질서 국가 시스템을 만들었기에 더욱 혁명적이다.

영국 런던에 가면 시내 중심부에 위치한 트라팔가 광장(Trafalgar Square) 사자상 앞에서 그 나라의 위대한 혁명역사를 상상해본다. 영국에서 피를 흘리지 않고 성공한 무혈혁명을 '명예혁명'이라고 한다. 영국은 청교도 혁명과 명예혁명을 통해 왕은 군림하나 통치하지 않는다는 전통을 수립하여 민주주의를 정착시켰다.

뉴욕에 가면 타임스퀘어 광장에서 뉴요커들의 희로애락을 함께 즐기면서 세계 최대의 도시 속에서 호흡하는 나의 존재에 환희를 느끼기도 하였다.

독일에서는 프랑크푸르트역 앞 광장 길 건너편의 고풍스러운 문호 괴테의 생가를 바라보며 그 나라의 역사와 문화에 대하여 상상해 보았다. 길 가다가 다리가 아프면 구석진 거리 카페에 앉아 카푸치노 커피 향에 취해보며 길 가는 사람 구경도 하는 즐거움도 맛보았다.

낯선 이국인들과 실없는 농담도 하면서 공감을 나눌 수 있는 정다운 광장. 나는 그런 만남에서 기쁨을 얻을 수도 있으며 이국 하늘 아래서 주체할 수 없는 노스텔지어의 진한 감성에 취해보기도 했다. 그 도시의 냄새를 들이마시며 나의 존재의 의미와 함께 감미로운 충만감에 차 오르기도 하였다.

지나쳐 온 그곳을 조용히 회상해보면 그 어느 곳에서도 우리나라에서의 광장에서처럼 피켓을 들고 데모하는 시위대는 한 번도 본 적이 없었다. 모두가 한가롭고 평화롭게 거닐며 일상의 삶에 만족하며 사는 듯하였다. 여행객들이나 이방인들은 그 고장을 좀 더 알려고 지도나 여행안내 서적들을 펴보며 휴식을 취하는 쉼터의 장소 광장. 조용한 일상을 모두가 공유하면서 일주일의 피로를 풀고 재충전하는 곳이기도 하다.

돌아보면 우리의 광장은 선동적이고 때로는 독선적이었다. 광기에 몸을 맡기기만 할 뿐 자신이 옳다는 신념이 어디에서 오는지 생각지도 못하고 행동한다. 코로나가 터지고 한참 후 친구와 함께 광장을 거닐어보았다. 예전 같으면 옆 건물의 유리창이 흔들릴 만큼 고성능 확성기가 쩌렁쩌렁 울리던 장소였다. 그날은 평화로운 잔디밭이 너무나 고즈넉하였다. 코로나 19 덕분에 사방은 조용하기에 광장은 원래 이런 곳이어야 한다. 아이들 손을 잡고 평화롭게 가족 나들이를 하는 곳이다.

광장은 특정 세력의 소유물이 아니며 광장에는 요란한 확성기도 악을 쓰며 소리 지르는 데모대도 다시 돌아오지 않았으면 좋겠다.

광화문에서 지하철을 타고 집으로 돌아오면서 하염없는 상념에 사로잡혔다. 나보다 젊은 분이 자리를 양보하여 주어 노인석에 편안히 앉아올 수 있는 이 좋은 나라. 동방예의지국인 우리 대한민국이 언제쯤 이념과 아집의 굴레에서 벗어나 서로 양보하고 이해하는 나라가 되어 광화문 광장에서 서로 손을 맞잡으며 환호하는 그날을 기대해 본다.

우리 시민의 염원인 그릇된 이념과 살벌한 데모만은 이제 그만하기를 바란다. 광화문 광장은 대한민국 오천만 국민의 평화의 광장이며 우리 모두의 공간이면서 동시에 아름다운 광장으로 영원하길 바란다.

서울의 매력. 우리 생활 속에 숨 쉬는 수도 서울의 광장은 우리의 희망이며 서울의 상징이다.

2020. 10.

그해 여름의 함성 그리고 부흥과 추락

반세기도 넘긴 70여 년 긴 세월이 지났지만 내 어릴 적 여고 시절의 기억만은 또렷이 회상된다. 우리나라 역사의 수모적인 기록을 남긴 그해 여름. 학교 기말고사가 있어 힘들기는 했지만 여름 방학을 손꼽아 기다리던 7월 중순경, 여고 1학년의 꿈 많던 소녀의 7월은 아픔으로 기억된다.

이제 다 잊어 가지만 6·25 전쟁의 피해 당사자인 우리에게는 또 하나의 상흔이었으며 3년을 끌던 전쟁이 휴전으로 막을 내린 비극의 역사였다. 세상에 70여 년이 지나도 이렇게 허리가 다 동여 매인 채로 우리가 살게 될지? 누가 상상이나 했을까?

울분에 잠겼던 그 여름의 함성

학기 말 종강을 마친 후 교실마다 안내방송이 울렸다. 전교 학생은 퇴교하지 말고 학교 강당에 다 모이라는 방송이 왠지 심상치 않게 들려왔다. 전교생이 강당에 운집한 후 교장 선생님이 연단에 올라가 하신 말씀 지금도 내 기억에 생생히 남아 있다. 결국, 우리나라가 휴전이 되었다는 어처구니없고 기막힌 소식. 무엇 때문에 우리나라 젊은이들이 3년이라는 긴 세월을 피 흘리며 수많은 사상자를 내고 싸웠는지? 어린 소녀의 마음이지만 너무 허탈하고 분노가 용솟음쳤다.

뒤이어 학도 호국단장(학교마다 전시이기에 학도 호국단이라는 조직이 있었음) 고 3학년 언니가 연단에 올라가 열띤 열변을 하였다.

"여러분! 우리 다 함께 애국하는 마음으로 거리로 나가 다른 학교와 함께 휴전 결사반대 궐기 대회에 동참 합시다."

그날부터 우리는 여름 뙤약볕에 머리에 띠를 두르고 스크럼 짜고 '휴전 결사반대' '북진 통일'을 목이 터져라 외치며 데모하던 그 순간만은 진정 피 끓는 젊은이들의 애국심의 발로였다.

한국 전쟁 3년이라는 모진 세월을 겪는 동안 우리 국민은 너무도 힘든 세월을 겪었으며 공산당이라는 존재에 염증을 느낀 대한민국 국민의 충정에서 우러나는 애국심이었다. 휴전 뒤에 우리에게 찾아온 가난이라는 복병은 전쟁보다 더 무서운 배고픔의 연속이었다.

다행히 U.N.이라는 우산 아래 미국을 비롯한 각 나라의 원조 덕분에 온 국민이 겨우 연명하며 지냈던 고난의 세월. 아프리카 아이들도 울고 떼쓰면 코리아로 보내준다고 엄포를 놓으면 뚝 그친다는 세계 최빈국 Korea. 조상 대대로 가난이 무슨 업인 양 숙명처럼 살아온 우리와 조상님들 세대들은 지긋지긋한 가난을 이기고 탈출하려 오뚝이처럼 일어서 발돋움하였다.

부흥하는 한국 경제

'잘살아 보세' '우리도 한번 잘살아 보자' 새마을 노래처럼 우리도 선진국처럼 잘살아 보는 것이 온 국민의 염원이었다. 우리 국민의 성실하고 근면한 DNA를 가진 착실하고 부지런함을 자본 삼아 기필코 우리는 일어섰으며 마침내 세계 11위권으로 드는 경제 부국으로 도약하였다.

세월은 많이 흘러 나도 학업을 마치고 결혼 후 남편과 함께 미국 유학길에 동참하였다. 세계를 리드하는 선진국에 가서 더 많은 것을 배워 오겠다는 남편의 포부와 함께 우리 가족은 1960년대 초 미국으로 공부하러 떠났다. 달러가 부족하던 시절 정부에서 유학생들에게까지 바꿔줄 달러가 부족하여 그 당시 한국 학생들은 유학이 아니라 고학생이나 마찬가지였다. 다행히 남편은 치과대학교에서 Fellowship Scholarship 받으면서 학비와 생활비를 조달하며 마침내 학위를 취득한 후 귀국하려는데 독일에서 남편이 전공한 같은 분야의 연구소(Max Planck Institute)에서 연구원으로 오라는 초청장이 왔다.

우리 부부는 또 다른 나라에서의 경험도 가져 볼 겸 좋은 기회라 생각하고 기꺼이 독일 연구소로 가기로 결정하였다. 독일에 도착하여 다시금 놀란 것은 독일인들의 근면성과 부지런함이며 독일 부녀자들도 함부로 시간을 낭비하지 않고 그들 특유의 근면함에 많은 감동을 받았다. 그러기에 세계 상위권에 부강한 나라를 이룩하였다고 믿어 의심치 않는다.

경제가 어려웠던 고 박정희 대통령 임기 초 경제를 부흥시키려 각 나라에 차관을 빌리려 하였지만 나라마다 빈털터리인 우리나라에 돈을 빌려주지 않았는데 다행히 독일 정부에서 우리나라에 차관을 빌려준다고 하였다. 대통령 전용기도 없던 시절 독일 정부에서 보내준 전세기를 타고 답례차 대통령이 독일로 방문하였던 일화를 소개한다.

그 당시 대학을 나와도 직장을 찾지 못하고 힘들 때 독일로 광부로라도 돈 벌어 가려고 많은 고학력 응모자들이 독일 탄광 광부로 떠났던 시절이었다. 또한, 많은 간호사도 돈을 벌려고 독일로 가 처음에는 시체 닦는 일부터 하였다는 슬픈 전설이 아닌 사실이었다.

후에 안 사실이지만 독일 정부에서 우리나라 광부와 간호사들을 담보로 차관을 빌려주었다고 함. 하지만 그들의 성실하고 부지런함에 나중에는 더 많은 국제 차관을 빌려줬다고 한다. 독일에 도착한 대통령이 시간을 내어 루르 지방 탄광촌에 있는 한국 광부들을 위로할 겸 영부인과 함께 만나러 갔을 때다. 대통령이 오신다기에 남편과 함께 Frankfurt에서 차를 몰고 그곳 탄광촌으로 갔을 때의 일화다.

타국에서 고생하다 고국의 대통령을 만난다는 반가움과 감동은 이루 말할 수 없었을 것이다. 루르 지방의 함보론 탄광회사 강당으로 광부들과 근처 지방의 간호사들이 약 300여 명 모였다. 처음 식순에 따라 엄숙한 자세로 애국가를 불렀는데 '대한 사람 대한으로'…… 부분에서 모두가 흐느낌 때문에 더 이상 부르지 못하였다. 그리고 대통령이 연단에 올라갔다. 대통령은 "조국의 명예를 걸고 열심히 일합시다. 비록 우리 생전에는 이루지 못하더라도 우리 후손을 위해 다른 나라와 같은 번영의 터전만이라도 닦아놓읍시다."라고 하며 연설은 중단되었다.

장내를 가득 메운 울음소리가 전이되어 대통령마저 울어 버렸기 때문이다.

영부인도 수행원도 모두 울었다. 나도 남편도 그들과 함께 한없이 울었다. 얼마나 가난에 한이 맺힌 눈물이었던가. 대통령이 귀국 후 새마을 운동이 전국적으로 메아리쳤다. 새마을 운동은 세계를 놀라게 했던 농촌 운동이며 협동 근면 자주의 정신을 세계화 시대의 정신운동으로 승화시킨 운동이다. 그분이 가난에서 벗어나 잘살아 보자는 신념과 소망이 우리나라 경제 성장에 큰 기틀이 되었다는 것을 믿어 의심치 않는다. 독일 사람들의 근면성, 성실함, 부지런함 그 혼을 본받아 귀국하여 우리나라도 독일처럼 잘살아 보자고 노력하여 한강의 기적을 이루어 놓으신 고 박정희 대통령.

눈물과 땀으로 한강의 기적을 이루신 그분을 존경하며 아무도 부인할 수 없는 산업 근대화를 이룩한 우리나라의 영웅이다. 그의 비전과 의지가 없었으면 세계에서 제일 가난한 나라가 세계 최첨단 산업 국가로 탈바꿈하는 기적은 있을 수 없었다. 물론 박정희 시대는 공(功)도 있고 과(過)도 있었지만 그 자체가 우리나라의 지나온 하나의 역사(歷史)다.

추락하는 한국 경제

요즘 어느 곳에 가나 살기 힘들다는 아우성이 귀를 울린다. 물론 코로나 19이기도 하겠지만 자영업자나 소상공인들 어려운 서민들의 앓는 소리 한숨 소리가 안타깝게 들린다. 한때 우리나라 최고의 상권을 구가하던 명동 일대 인사동 지역의 건물마다 임대 간판을 너저분하게 붙여 놓고 동네 요지라 불리던 상가 일대도 죽은 거리처럼 썰렁하다.

그 잘났다고 하시던 위정자들은 다 어디에 계시는지? 모든 것 코로나 탓으로 돌리기에는 그들 양심에 묻고 싶다. 나랏빚이 눈덩이처럼 불어나도 개의치 않고 정권 연장만을 위해 표를 얻으려 피 같은 국민의 세금을 함부로 살포하는 그들의 잘못된 오판과 포퓰리즘(populism) 망령으로 이 나라의 경제는 여지없이 추락하고 있다.

근대 국가의 발전 과정에서 재정 문제는 가장 중요한 핵심 사안이며 국가를 운영하는 자금을 어떻게 조달하고 사용하느냐는 국가의 흥망에 직결되는 문제라고 나는 생각한다. 효율적이고 공평하게 재정 문제를 해결하면서 국가 안정을 되찾고 국제 경쟁력에서 승리해야만 하며 그렇지 못할 경우 반란이 일어난다. 심지어 혁명과 탄핵 상황에 직면하게 되는 것이 과거 세계 역사를 통하여 우리는 무수히 경험하고 목격하였다.

과거 프랑스의 부르봉 왕조가 혁명으로 무너지고 루이 16세가 단두대에서 처형된 사태도 그들이 나라 세금을 멋대로 사용한 실패의 원인이다. 또한, 한때 번성기를 구가하던 Argentina나 남미의 여러 국가가 나랏돈을 제멋대로 쓰면서 포퓰리즘을 하다가 지금의 빈국의 나라로 추락한 것도 우리에게 큰 교훈으로 삼아야 한다.

현재 우리 사회는 모든 윤리가 심하게 흔들리고 있으며 이대로라면 개인의 희망도 국가의 미래도 없다. 나라도 힘이 있어야 국민이 행복하며 이것이 바로 국력이다.

바라건대, 다음 정부에서는 우리나라의 미래를 밝고 올바르게 짊어질 품위와 덕목을 지닌 훌륭한 대통령이 탄생하길 바란다. 70여 년 전 우리와 우리 부모님 세대들이 '휴전 결사반대' '북진 통일'을 외치며 종로 거리를 누볐던 애국심. 그 무더웠던 여름 7월의 열정과 함성이 미래에 나라의 기둥이 될 지금의 젊은 세대에 전이되어 다시금 더 부흥하는 부강한 대한민국이 되리라 믿는다.

2021. 7. 무더운 여름 그 어느 날

문학올림픽 국제 펜 대회

국제 펜클럽 제78차 세계대회가 경주에서 열렸다. 천년고도 경주에서 열리는 세계대회는 한국 문인들의 로망이며 동시에 자존심을 한층 높이게 하여주는 문학올림픽이다. 글로벌 세계 유명 작가 별들이 모이는 문학 축제이다. 약 200여 명의 서울지역에 거주하는 문인들이 KTX를 타고 경주역에 도착하였을 때는 오랜 가뭄에 단비를 내려 주듯 유서 깊은 경주의 그윽한 운치가 초가을의 도심을 적시며 우리를 맞이해 주었다.

약 70여 명의 자원봉사자들과 10여 대의 버스가 우리를 질서정연하게 맞이하고 대회조직 위원회가 얼마나 짜임새 있게 준비하였는가를 느끼며 그분들의 노고에 감사하였다. 대회 본부장인 현대호텔까지 가는 길거리에는 환영 PEN 대회 깃발이 휘날리며 경주 시내는 온통 축제 분위기를 이루었다.

현대호텔에 도착하니 이곳 역시 환영 플래카드가 펄럭이며 국제 회의장에 온 것을 실감케 하여주었다. 우리는 질서정연하게 줄을 서서 수속(Registration)을 밟고 자기의 명찰을 달고 회의장으로 입장하였다.

이미 회의장에는 수많은 외국 작가들이 전날에 도착하여 입장해 있었다. 약 100여 개국에서 300여 명의 외국 작가들이 참석하였으며 노벨문학상 작가 2명이 동시에 우리나라에 참석하기는 처음이라고 한다. '나이지리아'의 '월레 소잉카', '프랑스'의 '르끌레지오' 2006년 수상자인 터키의 '오르한 파므크'가 참석할 예정이었지만 모친 병세가 위중해 참석하지 못하여 아쉬움을 남겼다.

이들의 프로필을 간단히 소개한다.

월레 소잉카(나이지리아, 1986년 노벨문학상 수상 작가)

그는 노벨문학상을 받은 아프리카 최초의 흑인이다. 한마디로 민족 시인이며 부패 권력에 대항했던 저항적 지식인이다. 소잉카는 1934년 나이지리아 '아베오쿠타'에서 출생하였다. 그의 문학 활동에는 투옥과 망명이라는 고통스러운 여정이 함께 뒤섞여 있는 아프리카 민주화 운동의 산증인이다. 현재는 나이지리아 '오바페어 아월고' 대학의 명예교수로 있으며 한국에도 몇 번 방한하였고 2005년 세계 평화 시인대회에 참석하여 기조 강연도 하였다(마법의 등불에 대하여).

르 클레지오(프랑스, 2008 노벨문학상 수상 작가)

'커뮤니케이션은 자연스러워야 한다' 그의 주제 강연이다.

1940년 4월 13일 프랑스 니스 출생으로 영국인 아버지와 프랑스인 어머니 사이에서 출생하였다. 비교적 부유한 환경에서 자라난 그는 1960년대 20대를 맞은 유럽 젊은 세대의 고유한 문화적 이념과 전쟁 후유증으로 고민하던 시기에 청년의 패기와 열정이 기성세대에 대항하는 비판적이고 낭만주의적인 글을 많이 썼다.

국제 P.E.N. 클럽이란? 영어 약자를 요약한 P.는 Poet와 Play Writer. E는 Editor와 Easiest. N은 Novelist를 의미하는 약자로 전세계 시인, 소설가, 수필가, 희곡작가, 편집자가 모인 문학단체인데 노벨문학가 대부분이 Pen 회원이다.

대회 시작을 알리는 요란한 팡파르가 울리며, 차인태 아나운서의 사회로 대망의 세계 문학올림픽 Pen 대회가 시작되었다. 이번 대회는 4개 국어로 동시 통역되며(영어, 불어, 스페인어, 한국어) 참가자 누구에게나 이어폰을 끼고 완벽한 준비가 되어 있었다.

오전 개회식에는 국제 펜 회장, 존 론스톤소을의 환영사와 한국본부, 국제 펜 이길원 이사장, 문화체육 관광부 최광식 장관, 김관용 경북도지사, 최양식 경주시장의 축사가 있었다.

오후에는 노벨문학상 작가 명의 기조 강연이 있었다. 말로만 듣던 노벨문학상 수상자들의 강연을 바로 앞에서 듣다니 참으로 나 자신 영광스러우며 감개가 무량하였다. 이번 대회의 주제는 '문학 미디어 그리고 인권'이다.

세계에는 아직도 기본적인 인권을 누리지 못하는 수많은 문학인이 많다.

독재정권 안에서 투옥되고 고통받는 작가들을 보호하기 위해서 "펜대는 총보다 강하다"는 슬로건을 내걸고 이들을 지구촌 민주화의 결정적 역할을 하며 구하려는 하나의 인권 총회라고 할 수 있다. 노벨문학상은 현실 참여에 나선 작가들에게 자주 돌아가곤 한다. 1958년 소련 작가 '파스테르나크'가 쓴 《닥터 지바고》 또한 70년대 소련 작가 동맹에서 제명된 '솔제니친' 이들 역시 노벨상 수상자들이다.

첫날 저녁 경북도지사가 베풀어 주신 환영 만찬은 호화찬란한 북과 한국무용이 어우러져 찬란한 하모니를 이룬 예술의 극치를 감상하면서 접한 저녁 만찬이었다.

탈북 작가들과의 만남

문학 포럼에서는 '표현의 자유와 미디어'라는 제목으로 탈북 작가 도명학 씨와 북한 요덕수용소 출신 김영순 씨의 '북한 문인들의 삶과 현실'을 애절하고 세세하게 발표하였다. 이번 대회에서는 우리나라에서 활동하는 20여 명의 탈북 문인들의 '북한 작가 펜 센터' 가입을 발의하고 지원하기로 제의하였는데 만장일치로 확정되었다. 이들은 직접 북한의 실상을 국제 펜클럽본부와 전 세계 투옥 작가 위원회에 당당히 보고할 수 있으니 참으로 뜻있는 기회이다.

6일 동안 각 분과 회의와 문학 포럼을 일일이 기록하기보다는 이번 회의를 통하여 나 자신의 느낌과 몇 가지 에피소드가 나의 소중한 참관의 추억이 될 것 같다.

이번 펜 대회는 대한민국의 발전하는 모습을 더 많이 알리기 위한 이길원 펜 이사장님의 의지대로 저개발국가 문인들이 많이 초청되어 왔다.

우리나라가 국제사회에서 경제 강국으로 공인되어 위상이 높아져 있기 때문에 이에 맞추어 일을 진행해야 하는 한국본부의 고충이 많았으리라 짐작된다. 저개발국가 많은 문인이 경제가 열악하여 여행경비와 기타 모든 것에 대한 도움을 요청하였기에 한국 펜 본부와 일부 회원들이 자발적으로 그들을 도와주었다. 나는 떠나기 전 남대문 시장 민예품점에서 한국적인 민예품들을 많이 준비하여 나의 명함과 함께 일일이 선물하였다. 나 자신 작은 외교관 행세를 하였다는 기쁨에 뿌듯하였으며 그들에게 더 친절히 안내하여주었다.

나의 명함을 받은 외국 문인들이(네팔, 파키스탄, 나이지리아, 기타 저개발국가 동구권) 밤마다 나의 방으로 찾아와 자기네 나라의 어려운 사정을 호소하며 도움을 요청하는 웃지 못할 에피소드도 있었다. 나라가 부강하면 문인들의 위상도 높아진다는 작은 자부심이 생기기도 하였지만, 솔직히 말해 나 자신 혼자 힘으로는 감당하기 어려운 큰 숙제였다.

엘리베이터에서의 인연

어느 날 아침 일찍 식사하러 식당으로 내려가는 엘리베이터 안에서 뜻밖에 프랑스 노벨 문학자 '르 클레지오'를 만났다. 가볍게 Good Morning 아침 인사를 나눈 뒤 뷔페식당으로 가 자연스럽게 같은 자리에서 아침 식사를 하게 되었다.

명함을 교환하며 많은 대화를 나누는 가운데 그가 한국을 너무 좋아하며 몇 번 한국에 왔으며 여러 해 전 전남 화순 운주사를 찾은 이야기도 들려주었다.

한국의 가을이 너무 아름답다는 말과 이화여대에서 강의도 하였다고 한다.

얼마 후 서울에 돌아와서 그에게 반갑고 즐거운 만남이었다는 E-mail을 보냈더니 어김없이 답이 왔으며 운주사에서 썼다는 그의 시 「가을비」라는 시도 적어 보내 주었다. '만남은 순간이고 인연은 소중한 것이라는' 진리의 말을 다시금 음미케 하여준다.

대회 5일째 날에는 전 세계 시 낭송가들의 시 낭송 대회가 있었다. 이 대회에 참석하기 위하여 오랜 기간 열심히 외우며 연습하였으며 영시 낭송으로 「낙엽」이라는 내시를 영시로 번역하여 발음 한

마디 한마디를 열심히 공부하였다.

많은 외국 문인들 앞에서 처음에는 조금 떨렸지만 당당하고 감동 있게 낭송하고 내려오니 우레 같은 박수 소리가 크게 울려 주었다.

대회 마지막 날에는 외국인들을 위한 신라 천년 경주를 관광시켜 주는 스케줄에 나도 함께 동승하여 우리의 아름답고 자랑스러운 고 적들을 설명도 하여주며 그들과 함께 뜻깊은 관광을 하였다(문무대왕 릉, 감은사 석탑, 인각사 등). 천년 고도 경주는 우리나라 전통 문화의 보고 로서 세계적인 역사문화의 도시이며 고즈넉하고 아름다운 고도를 외국 문인들에게 보여줄 수 있는 좋은 기회였다.

천혜의 자연 환경을 자랑할 역사 문화의 도시로서 문화와 역사가 살아 숨쉬는 우리나라 민족 문화의 발상지이다.

저녁에는 이길원 이사장님이 베풀어 주시는 저녁 만찬이 연세대 8중창단의 우아한 노래로 시작되었다. 조경화(소프라노), 조원용(베이스) 의 신이 내린 듯한 고운 노래를 들으며 우아한 만찬과 함께 5박 6일 동안의 뜻 깊고 꿈같은 펜 대회는 다음번을 기약하며 서서히 막을 내렸다.

우연이란 존재하지 않는다

무언가를 절실히 필요로 하는 사람이

자신에게 정말로 필요한 것을 찾아내면

그것은 그대에게 주어진 것이 아니라

그를 그곳으로 인도한 것이다

헤르만 헷세(데미안 중에서)

제 4 부

추억의 조각들

오래된 물건은 더 애착이 간다

긴 세월 우리 가족과 함께 고락을 같이 하였던 식탁에 대하여 글을 쓰려니 왠지 내 마음 한구석에서 애잔한 연민이 솟아난다. 우리 집 식탁은 식구들의 밥상이면서 동시에 나의 수필 작품을 생산해 내는 글 동무 역할도 하고 집안의 큰 행사나 의논할 일이 있으면 모두 모여 토론의 장소가 되는 훌륭한 역할을 하는 물건이다. 집집마다 식탁이 없는 집이 없으련만 나는 유난히 이 식탁에 애착이 가는 것은 긴 세월 나와 함께 한 애장품 1호이기 때문이다.

애들 결혼 문제 등 중요한 큰 일이 닥칠 때마다 남편과 함께 차마시며 의논하고 결정한 수많은 사연과 추억의 조각들을 간직한 물건이다. 거실 소파에서 편안하게 앉아 의논할 수도 있으련만 유난히 이 식탁에 앉아서 대화해야만 좋은 결론이 난다는 그 어떤 믿음이 있기에 더 애착이 간다. 나의 서재가 따로 있고 책상과 컴퓨터가 따로 있지만 이 식탁에 앉아야만 글이 잘 써지니 참 이상한 일이다.

저녁 식사 후 집안일 다 마치고 창살 없는 활자의 감옥에서 스스로 갇혀 매일 밤을 하얗게 밝혀가며 글을 쓴 곳도 이 식탁 위에서다. 늦은 나이에 등단을 하고 문학의 발판인 문학상과 수필상도 여러 번 탔던 장소도 이 식탁 위에서 쓴 작품들이다. 문학의 길로 가도록 이끌어 준 수필 책상. 문학은 나의 마지막 소망이며 고향이다. 미숙하지만 구순을 바라보는 이 할머니의 문학 작업도 이와 함께 진행형이니 모든 것에 감사할 뿐이다.

나는 항상 제시간에 자고 제시간에 일어나는 생활 습관이 익숙하여 아침 일찍 눈을 뜨면 제일 먼저 부엌에서 커피를 마시며 하루의 일과를 식탁에 앉아 구상한다. 그 순간마다 손에 닿을 듯한 거실 창문 밖 나무 숲에 싸인 아파트 정원을 내려다 보고 있으려니 여름내 싱그러웠던 초록의 잎사귀들이 선홍빛 단풍이 드는 계절을 지나 낙엽이 되어 우수수 떨어지고 있는 장면은 내 가슴도 사무치도록 서리며 찬 바람이 분다.

문득 나를 매료시킨 독일의 낭만시인 릴케의 「가을의시」가 생각나며 읊어본다.

주여! 때가 되었습니다

여름은 참으로 위대했습니다

해시계 위에 당신의 그림자를 드리우고

벌판에는 바람들을 풀어 놓아 주십시오

빛이 아우리는 계절 모두 떨어지는 것을

두 손으로 감싸 안아주는

그 한 사람이 되고 싶습니다

나의 식탁은 무엇을 결정할 때 편안하게 정리를 해준다.

마치 나를 아는 듯 이해하는 듯 조용히 기다려 주며 나를 창작과 사색의 세계로 이끌어 주며 결단의 시간은 외롭지만 훌륭한 조력자로 한몫하기에 더 애착이 간다.

가끔 딸이 친정에 들러 엄마에게 잔소리한다.

엄마 이제 좀 낡은 식탁 버리고 새 식탁 장만하라는 잔소리를 수없이 들어도 나는 한쪽 귀로 흘려버린다. 다른 책상에 앉아 글을 쓰려면 글이 나오지 않기에 나의 애장품과 항상 동행한다. 우리 가족의 밥상이며 동시에 티테이블 역할도 하는 사랑하는 나의 짝꿍도 지나온 긴 세월의 흔적으로 늙고 초라해지기 시작하여 여기저기 상처가 나고 나와 함께 이별을 준비하는 듯한다.

북유럽에서는 오히려 오래된 집이나 물건을 더 귀중히 여긴다.

오래된 집은 법으로 함부로 헐거나 개조할 수 없고 건물 외벽도 새로 칠할 때는 시에서 허락하는 색깔 중에서 골라 칠해야 한다. 이렇게 선진국에서는 오래된 것을 더 가치 있고 소중하게 생각하기 때문이다.

우리가 살아가는 인간관계에서도 마찬가지다. 오래된 친구들만이 좀더 진실되고 깊이가 있는 사랑의 친구들이다.

내가 이 물건을 애지중지하는 것을 어린 손녀딸도 알고 있는지 하루는 이 식탁 위에 올라가 제 딴에는 재롱을 부리다 갖고 놀던 물건을 탁 떨어 뜨렸다. 동시에 식탁 위를 장식하였던 유리 커버가 쨍그랑 두 쪽으로 깨져 버렸다. 손녀딸이 할머니한테 혼날까봐 방에 들어가 문걸고 울고 있는 것을 보고 나도 함께 놀라 손녀딸을 달래 주었던 일, 또 행여나 유리에 손이 다칠까 모서리에 테이프를 붙여 남편과 함께 힘들게 내다 버렸던 사건… 이렇게 수많은 사연들이 우리와 함께 하였던 지난날들이다.

새벽마다 촛불 키고 천주님께 가족의 안녕과 무사함을 식탁 위에서 기도 드렸던 고마운 나의 보물 1호. 앞으로 내 삶이 얼마나 더 신께서 허락하실지 모르나 그날까지 이 식탁과 함께 독서하고 글 쓰고 작품 활동할 것이다.

참으로 먼 길을 걸어왔다. 이제 미수를 바라보는 긴 세월 속에 엇갈리는 희비 쌍곡선을 헤치며 많이도 걸어 왔다. 이제 좀 쉬어볼까도 했는데 또 계속 걸어가고 싶다. 진정 삶은 위대하고 경이롭기에 나에게 주어진 시간을 소중히 간직하고 살아갈 것이다.

2019. 5.

Getty 박물관 탐방기

미국 로스앤젤리스 남서쪽 끝 해안가, 아름다운 산타모니카 해변을 한눈에 내려다볼 수 있는 '웨스트 우드'산 중턱에 자리 잡은 현대식 '게티센터' 건물들은 그 위용을 자랑하며 우뚝 서있다.

J Paul Getty Museum

고대 그리스와 로마의 고미술품과 18세기 프랑스의 장식 예술품 등 고급스럽고 아름다운 수집품들이 가득하다. 가장 인기 있는 곳은 역시 게티 미술관이다. 르네상스와 중세시대의 미술품 조각 등을 볼 수 있으며 게티센터 2층에는 '렘브란트, 고흐, 세잔, 르느아르' 등의 세계 유명한 화가들의 작품을 만날 수 있다.

내가 LA로 떠나기 전 친구로부터 그곳에 가면 꼭 한번 게티 박물관을 방문해 보라고 권한 말도 있고 또 다른 책에서 소개된 흥미로움에 접하여 바쁜 일정을 쪼개어 방문하였다. LA 지도를 펴들고 버스노선을 열심히 공부한 후 길을 묻고 물어 도착하니, 미술관은 산 정상 가까이 있는데 주차장은 산 입구 초입에 있다. 모든 관람객을 전동차로 게티센터까지 편리하게 실어 나르는데 아마도 차의 매연과 공해로부터 작품들을 보호하려는 의도인 듯싶었다. 많은 관람객들이 질서 정연하게 타고 내리는데 그중에 많은 미국 실버 어르신들이 자원봉사로 봉사하는 모습이 너무도 인상 깊었다.

Volunteer 글자쓴 띠를 달고 막대기를 들고 "Line up"을 외치며 신나게 봉사하는 그들의 모습이야말로 젊음이 부럽지 않은 진정 아름다운 황혼의 여인 같았다.

폴 게티 가문은 석유 사업으로 엄청난 재산을 축적한 미국의 유명한 기업 가문이다.

아버지 '젠 파울 게티'(1832~1976), 아들인 '존 폴 게티'(1932~2003)는 미술품 수집가로 세계적으로 명성을 갖고 있었다. 게티 센터는 L A. 남쪽 웨스트 우드 산 정상에 준공한 지 13년만인 1997년 12월에 완공되어 문을 열었다. 유럽에 비해 고고학과 박물관의 역사가 짧은 미국은 상대적으로 개인 소장가가 세운 박물관이 많은 편인데 그중 가장 많이 알려진 곳이 폴 게티 박물관이다. 게티 미술관은 입구에 들어서자마자 모든 관람객들을 하나로 빨아들이는 마력을 가지고 있다. 하물며 미술에 문외한인 나 자신도 작품 하나하나 감상할 때마다 르네상스 시대로 돌아가는 느낌이다. 그중 벽 한 면을 다 차지하는 '램브란트'의 그림 앞에서는 무어라 표현할 수 없는 짜릿한 전율을 느꼈다.

램브란트는 바로크 시대의 네덜란드 태생이며 그 나라가 자랑하는 유명한 화가이다.

내가 처음으로 그분의 작품을 만난 것은 40여 년 전 네덜란드 국립미술관에서였었다.

그곳에서는 램브란트의 작품을 너무 귀하게 모셔 작품 바로 앞에서는 감상할 수 없고 몇 미터 뒤로 줄을 쳐놓고 경호원의 감시하에 조금 멀리서 바라만 볼 수 있었다.

하지만 지금 바로 앞에서 세기의 불세출 작가 램브란트의 또 다른 작품을 감상하고 있으려니 감개무량하다.

개인의 소장품을 대중에게 공개하여 보여주는 것도 대단하고 보통 이상의 큰일이지만 그 어마어마한 시설을 무료로 공개한다는 것 역시 위대하고 숭배 받을 일이다. 부의 사회 환원이라는 면에서 모범이 되는 사례일 것이다. 이렇듯 재벌들은 좋은 취미와 수집가로서 개인의 만족감은 물론이고, 나아가 후세에 사회에 환원한다는 숭고한 의미를 부여한다면 얼마나 자랑스러운 일이 아닐 수 없다. 우리나라도 가진 자가 스스로 마음의 문을 열어 밝고 아름다운 세상을 펼쳐보면 좋으련만… '잘 비우기란 잘 채우기 못지 않게 어렵다'라는 진리가 떠오르면서 폴 게티가 더욱 존경스러워진다.

게티 박물관 내에는 특별 전시실과 동, 서, 남, 북, 4개 동으로 구성된 상설 전시관이 있다. 회화와 조각 장식 미술품들이 고대부터 근대까지 시기별로 각각 전시되어 있다. 게티 미술관은 그 자체로서 현대 건축미를 느낄 수 있는 예술작품이다. 그는 능력 있는 사업가였으며 돈 버는 데는 천부적인 재능을 가지고 있었지만 사생활은 그다지 행복하지는 못하였던 것 같았다. 그의 가문은 계속적인 분쟁과 세인의 손가락질을 받았다. 그는 평소 '록펠로'나 '케네디'와 같은 존경받는 부자 명문가가 되고 싶은 바람이었지만 뜻대로 되지 못하였던 것이 아쉬웠다고 하였다. 누구나 완전한 삶을 산다는 것은 그리 쉽지 않을 것이며 인간의 행, 불행은 마음대로 할 수 없는 신의 뜻일 것이다.

그는 예술품 수집에 광적인 집착을 보여 자기의 모든 재산 30억 달러를 거의 투자해 세계 곳곳의 역사적 유물과 예술품을 사들였다. 그 누구도 따를 수 없는 재능과 결단은 세기의 재벌이요, 후에는 사회 환원이라는 대중 속으로 심어 들어갔다. 그러므로 게티 박물관이라는 종합예술센터를 후세인들에게 선물하고 재벌답게 살아온 멋진 인물이다.

박물관 관람을 다 마치고 전동차를 기다리려고 잠깐 벤치에 앉아 있으려니 내 옆자리에 자원봉사자 어른이 잠깐 휴식을 취하고 있었다. 나는 살며시 다가가 피곤하지 않느냐고 말을 했다. 그 할머니는 정색을 하며 전혀 피곤하지 않다고 너무 행복하다고 한다. 다시 또 물었다. "혹시 실례되지 않으면 몇 살이냐고 물어도 될까요?" 할머니는 서슴없이 "I am 87."이라고 대답한다. 나는 너무 멋있다고 하며 행운을 빈다고 인사하고 전동차에 올라탔다.

저 멀리 산타모니카 해변의 석양이 지는 노을을 바라 보면서 미국 자원봉사자 어르신들의 활기차고 성실한 모습과 그 오래전 게티 씨의 모습이 내 시야에서 오버랩 되면서 참으로 나에게 뜻깊고 유익된 하루였다.

2010. 5.

나를 감동케 한 예술작품

네덜란드 수도 암스텔담은 참으로 매력적인 도시며 신비스러운 도시다. 별로 크지도 않으며 웅장하지도 않지만 도시 안에 숨겨진 정적이면서도 그윽한 풍광은 한번 방문하였던 이방인들에게 다시 찾아보고 싶은 매력을 느끼게 하는 고장이다.

오래전 1970년도 초반 우리 가족은 남편이 미국에서 학위를 마치고 귀국하려고 할 때 마침 독일 연구소에서 근무하는 남편과 가까운 친구에게서 한국에 곧장 귀국하지 말고 독일 연구소에 와서 같은 분야이니(독일 프랑크푸르트 Max Planck Institute 막스 프랑크 연구소) 연구하다 가는 것이 어떠냐며 초청장이 왔다. 우리도 잠시나마 흥미로운 독일 생활도 해보는 것이 좋을 것 같아 기꺼이 독일행을 택했다.

기대했던 만큼 독일 생활은 즐거웠으며 우리가 살아가는 젊었던 인생 한 페이지를 보람차게 장식해 주었다. 주말이면 우리 세 식구 중고차를 몰고 국경선 넘어 다른 유럽 나라로 여행하는 것이 독일 생활의 큰 즐거움이었다. 그중 가장 인상 깊은 곳은 암스테르담이었다. 시내 한가운데로 바닷물이 역류하여 아름다운 운하로 유람선처럼 작은 배를 띄워 관광객이 다니고 시내 어느 곳에서나 바라보면 풍차가 돌고 있는 서정적인 도시다.

그 중간쯤 고딕양식으로 지은 웅장한 국립 중앙미술관이 서있다. 미술관에 소장되어 있는 수많은 세기의 걸작 미술가들 중 유난히 눈에 띄게 사로잡히는 작품은 불후의 네덜란드가 낳은 램브란트의 작품이다. 그 곳에서는 귀중한 작품을 관람객들이 함부로 손닿지 않기 위해 3m 정도 뒤로 줄을 쳐놓고 관람하게 하였다.

그 후 수십년 긴 세월이 흘렀다.

몇 년 전 그곳에서 국제 문학대회가 개최되어 다시 가 볼 수 있는 기회가 찾아왔다. 회의 도중 하루 시간을 내어 네덜란드 국립미술관을 혼자서 방문하였다.

물론 미술 공부도 좀 더 하고 유명한 작가들의 미술 세계와 사상 모든 것을 탐구한 후 만반의 준비 과정을 거쳐 미술 감상을 하기 시작하였다. 미술을 온전히 감상하려면 작가와 작품에 대해 지식을 습득할 수 있어야만 작품 감상을 더 이해할 수 있기 때문이다.

그 웅장함과 예술성의 다양함에 놀라면서 미술관 구경을 하였다.

레오나르드 다빈치와 미켈란젤로 등의 그림에 찬탄을 금치 못하며 모네 등 많은 유럽 화가들의 진품을 직접 보게 되었다. 몇날 며칠이 걸려도 다 볼 수 없는 작품들을 수박 겉 핥기 식으로 돌아보다가 램브란트(피에타)의 유화 작품 앞에서 나는 움직일 수가 없었다. 바티칸 성 베드로 성당에 있는 미켈란젤로의 조각작품(피에타)이 훨씬 더 유명하지만 나는 이 한 장의 유화가 더 감동적이었다(피에타는 이탈리아어로 슬픔과 비탄을 뜻함).

금방이라도 마리아의 눈에서 눈물 방울이 흘러 떨어질 것 같은 생동감이 색채로 표현해 낸 것도 놀랍지만 마리아의 온 몸에서 피어 나오는 뼈마디를 울리는 그 아픔과 애통함과 슬픔이 나를 전율시켰다. 나는 굳어진 듯이 그 자리에서 한 발자국도 움직일 수가 없었다. 나도 모르는 사이에 나의 눈에서 이슬이 맺히고 나는 마리아의 슬픔과 아픔을 나누어 가졌다.

나의 영혼이 울고 있는 것을 깨달았다. 한 그림이 이렇게도 큰 감동을 준다는 것이 믿기지 않았다. 나는 많은 그림을 접했지만 내 영혼이 흔들리는 것 같은 애통과 슬픔을 한 장의 그림을 통해서 받기는 처음이다. 내 마음을 끌어당기고 충만한 감동에 잠겨 한참을 서 있었다.

나는 천주교 신자지만 그 많은 신부님들의 강론으로도 감동을 받을 수 없었던 예수님의 십자가상에서의 내 죄를 대속하기 위한 죽음이 지금 마리아의 품 안에 안겨 있다. 마리아 그녀는 예수의 어머니이다. 어머니가 아들의 죽음을 우주의 아픔으로 품고 있다. 뼈가 녹고 살이 녹아내리며 애간장이 타들어가는 아픔에 더하여 온 인류의 아픔을 품고 애통하고 있는 모습이다. 고통과 사랑으로 하나가 된 예수님과 마리아의 이야기를 들려주는 듯 처연한 감동이 나의 가슴을 휘저어 놓으며 내 영혼 깊숙한 곳까지 파고 들어와 쉽게 지워지지 않을 것 같다. 나를 매료시킨 이 성화를 두고 두고 잊을 수 없는 내 영혼에 인화된 예술품으로 지금도 마음 속에 지니고 살아가고 있다.

진정 '인생은 짧고 예술은 길다'라는 선인들의 명문을 이제야 이해할 수 있으며 터득할 수 있음이 다행이다.

예술이라는 목표를 향하여 자기의 예술혼을 불태웠던 세기의 거장들. 그분들의 작품을 직접 내 눈으로 감상하고 돌아오는 내 발걸음은 그토록 반짝이고 값진 은총인지…
글을 쓰고 있는 이 순간에도 아련한 추억 속에 잠겨본다.

2018. 6.

록키 설산에 추억을 심다

캐나다 여행을 떠날 때 이곳 서울의 날씨는 늦은 여름의 절정을 초록의 향연으로 수를 놓고 있었는데 그곳 밴쿠버에 도착하니 오색 찬란한 단풍의 신비로움과 계절의 변화에 한껏 취해보았다. 곧바로 택시를 타고 예약해 두었던 호텔로 가니 시내 중심가에 위치해 있어 편리하고 안심이 되었다.

따끈한 커피를 주문해 피로를 푼 후 앞으로 3일간 밴쿠버에서의 여행 일정과 나머지 5일간의 캐나다에서의 일정(국토횡단과 록키마운틴 설산 투어를 꼼꼼히 계획을 세운 후) 다음날 근처에 있는 여행사로 가 3일간의 일정을 예약해 놓았다. 제일 먼저 시티 투어부터 시작하였다.

오래전에 한번 와 보았지만 밴쿠버는 너무 아름답고 깨끗한 관광 도시로 세계인의 사랑받는 곳으로 으뜸이다. 지금은 우리나라 교포들이 많이 살고 있어 어느 유명 관광지마다 여기저기서 한국말들이 들려온다.

맑고 상쾌한 이국의 가을 날씨를 맞이하며 빅토리아 섬으로 향하는 선상에서 찬란하고 환희에 찬 아침해가 떠오르는 것을 바라보니 너무도 신비스러웠다.

콜럼비아 주도 빅토리아 시는 과거 영국의 지배를 오래 받았던 영향으로 도시 전체가 영국풍이 물씬 풍기는 캐나다의 또 다른 영국 도시이다.

빅토리아 시에서 차로 20분간 거리의 서남방 방향에 그 이름도 유명한 '부챠스 가든'으로 향하였다.

오래전 폐광이었던 땅을 개간하여 수많은 꽃과 세계 각국의 모형을 담은 정원으로 가꾸어 놓은 '부차스' 부부의 노고에 감탄을 맞이한다. 아무 쓸모없이 버려진 땅을 오직 노력 하나로 이루어 환상적인 꽃동산을 만들어 세계인들을 불러 모은 그들 부부는 진정 인간 승리자인 것이다.

다음날부터 '캐나다 부르더스' 버스를 타고 록키 산맥 국토 횡단의 대 장정이 시작되었다. 캐나디언 록키의 하늘을 떠받치듯 솟구치는 산군과 에메랄드 호수. 태고의 신비를 간직한 빙하가 만들어내는 대자연의 파노라마는 미지의 상상과 흥분을 기대해 본다.

뱅쿠버에서 뱀프까지 가는 록키 산맥의 국토 횡단을 하며 차창 밖으로 스쳐지나가는 기암절벽과 질 좋은 재목감들이 푸른 바다를 이루어놓은 듯하다. 조물주가 어찌하여 이리도 신비로운 대자연을 창조하였을까?

수억만 년 전에 바다 속에 묻혀 있던 '록키'가 우주의 대 변화이동으로 늠름한 록키 산맥으로 솟아났다는 우주 만물의 신비가 나를 감동시킨다.

위를 올려다보면 봉우리마다 하얀 지붕을 덮어놓은 듯한 만년설들이 산 아래 여름을 비웃듯이 지키고 있으며 기암절벽 바위틈 사이사이로 무수한 폭포수들이 하얀 선을 그리며 힘차게 쏟아낸다.

울창한 나무 사이로 보이는 호수의 물빛은 나의 혼을 빼앗을 정도로 영롱했다.

야생화가 흐드러지게 핀 언덕 저 편에 만년 설산 봉우리가 병풍처럼 펼쳐져 있어 구름을 밟고 가는 듯하였다.

마치 온 세상을 향하여 '나는 건재하다' '나는 살아 있소' 하는 록키의 외침을 듣는 듯하다. 저녁노을이 록키 산속에 붉게 물들 즈음 우리 일행을 태운 '부르더스' 버스 기사는 더 전진하지 않고 산속의 아담한 정겨운 산장에 우리들을 하룻밤 쉬게 내려놓았다.

이름 모를 새들이 우리들을 반기며 지저귀고 산속의 상큼한 풀 내음 향기가 진동하는 산장의 하룻밤을 평생 잊지 못할 낭만적인 추억으로 간직하고 싶었다.

일행 중 남자 한 분이 아마 전직이 '개그맨'이었는지? 산장에 있는 각국나라 손님들을 저녁 식사 시간에 온몸으로 손짓 발짓 해 가면서

웃겨주어 우리들은 밤이 깊어가는 줄 모르고 즐거운 시간을 보냈다.

다음날 우리를 실은 버스는 다시 록키 산속으로 깊숙이 신나게 달려갔다. 그 나라 버스 기사들은 과연 프로의 경지에 있는 노련한 실력들이다. 손으로는 운전하며 입으로는 관광 가이드 역할을 충분히 해내고 있었다.

깊은 골짜기를 뚫고 길을 만든 93번 하이웨이를 따라 가도 가도 끝이 없는 국토 횡단. 스쳐지나가는 곳마다 수많은 기암괴석과 봉우리들은 마치 록키의 돌산 병풍을 세워놓은 듯하였으며 산꼭대기에서 쏟아 붓는 폭포수 소리는 마치 록키의 장엄한 교향곡을 연주해내는 듯하였다.

한참 산속을 달리는 듯하더니 어느 새 시야가 탁 트이며 유명한 '루이스' 호수에 왔다. 넓은 호수에 마치 잉크 물을 풀어놓은 듯한 비취색 호수! 바로 그 위로 만년설이 어우러진 하얀 록키 산맥 일부가 딱 버티고 '루이스' 호수를 받쳐주고 있다. 정말 환상 그 자체다. 너무 아름다워 탄성을 지르고 싶다.

유네스코 지정 세계 10대 절경 중 하나인 '레이크' 호수. 너무 아름다워 그야말로 내 숨을 멎게 한다. 그 옆에는 고풍스럽고 멋스러운 웅장한 호텔이 서 있으며 지나가는 관광객들에게 하룻밤만 자고 갔으면? 하는 유혹을 자아낸다.

우리는 일정에 쫓겨 사진 몇 장 찍고 오래도록 머물고 싶은 아쉬움을 남기고 '밴프'로 향하였다. 산속을 누비며 차가 주행하다 보니 무리가 갔는지 차가 쿵쾅 거리더니 결국 고장이 나고 말았다. 다행히 산 속 조그마한 마을에 멈추어서 차에서 하차한 후 우리 일행은 어찌할 바를 모르고 있었다. 운전기사가 회사에 연락한 후 대체 버스가 오기까지 약 4시간이 걸린다고 일러준다.

무인고도 같은 록키 산속 마을에서 미아가 된 기분으로 멍하니 서 있으려니 갑자기 한 집단의 연예인단이 그곳 공회당으로 들어가고 있었다.

그리고 우리 일행을 모두 그곳으로 초청하여 특별민속공연을 보여준다고 한다.

알고 보니 우리 일행이 기다림에 무료할까봐 버스회사 사장님이 특별 배려해준 것이라고 사회자가 아나운서 해주며 즐거운 시간이 되기를 바란다고 한다.

대체 버스가 도착하여 우리는 밤늦게 '밴프 로얄' 호텔에 도착하니 버스회사 직원 몇 사람이 대기하고 있다가 우리에게 일일이 미안하다고 악수를 청하며 호텔 식당에서 최고의 저녁 식사를 대접받았다.

손님을 왕처럼 모시는 이 나라 버스회사 운영방침과 기업들의 경영철학에 놀라움을 금치 못하였다. 약 한 달 후 버스회사에서 "여행 중 불편을 드려 죄송하다"는 정중한 편지를 집으로 송달까지 해주는 세심한 배려는 세계적 수준이다.

'밴프 로얄' 호텔에서의 아침 이변

긴 버스여행의 피로가 쌓여 우리는 호텔 데스크에 'Morning Call' 부탁을 잊어버리고 또 시차 관계로 시곗바늘을 돌려놓지 않는 실수를 저지르고 잠들어 버렸다. 아침에 일어나 호텔 로비에 내려가 보니 조용했다. 일행 아무도 보이지 않기에 데스크에 문의하니 벌써 모두 출발하였다고 한다.

이번 여행의 마지막 코스이며 제일가고 싶었던 '콜럼비아 아이스 필드' 하이라이트 여행인데 놓치면 어쩌랴!

우리는 급히 서둘러 '택시'를 타고 '밴프' 버스 터미널로가 버스회사 주임을 찾아 상황설명을 하며 시차에서 온 실수로 시곗바늘을 맞추어 놓지 않아 버스를 놓쳤으니 도와달라고 사정을 하였다.

버스회사 직원은 쾌히 도와주겠다고 하며 '밴프 로얄' 호텔에서 손님을 싣고 떠난 버스에 연락하여 지금 이곳에 손님 두 분이 버스를 놓쳤으니 모시고 갈 텐데 어느 휴게소 지점에서 만나자고 연락한다. 우리를 차에 태우고 떠나며 차가 고속도로에 진입 후 속력을 내면서 우리는 쫓아가고 한편 그 버스에는 천천히 가라고 지시하며 휴게소에서 약 30분 후 우리 일행과 반갑게 만나게 되었다. 그 나라 버스 운행 시스템은 도시마다 연결되어 그 지점에 손님을 모셔다 주면 그 다음 일정은 손님들이 알아서 시간 맞추어 타면 그뿐, 일일이 체크하지 않는다. 우리를 태운 버스는 꿍꿍거리며 아이스 필드를 향해 힘겹게 보우고개를 넘어가고 있었다. 차가 정상에 있는 '콜럼비아 아이스 필드'에 도착하니 온 천지가 얼음으로 덮여있는 빙하의 세상이다.

'콜럼비아 아이스 필드'는 정말 장관이었다!
버스에 있었던 우리 일행은 모두가 "oh! my god." 하면서 여기 저기서 탄성과 감탄의 소리가 흘러나왔다.

눈 위로 달리는 스노모빌로 갈아탄 후 안내양이 함께 올라타 아이스 필드를 한 바퀴 돌면서 그곳에 대한 설명을 해 주었다.
얼음 두께가 100미터가 넘으며 "간혹 얼음이 벌어진 곳이 있으니 그 위를 걸을 때 주의해야 한다"는 설명과 함께 그곳은 기후 변화가 변덕스러워서 해가 떴는가 하면 갑자기 앞이 안보일 정도로 눈발이 쏟아지고 깊고 깊은 설국에 와 있는 으스스한 공포감마저 들었다.
모두가 감동적인 풍광을 음미한 후, 밴프로 돌아오는 길에서는 긴 피로에 지쳐 조용히 잠이든 듯하였다. 산속에 푹 잠긴 듯한 아늑한 온천고장 밴프에서 하룻밤 더 푹 쉬고 다음날 캐나다의 마지막 일정 인 '캘거리'로 와서 모험적인 캐나다 여행의 마침표를 찍으며 귀국 길에 올랐다.

우리가 살아가는 인생 여정에서 여행만큼 의미 있고 값진 일도 드 물다고 생각된다. 여행을 통해서 삶의 활력소를 찾고 다른 나라의 문화와 생활풍습을 구경하고 새로운 체험을 접할 수 있는 소중한 인생 경험이다. 우리에게 도움과 친절을 베푼 이름 모를 그 버스 기사에게 감사한다. 캐나다 여행에서 느낀 점은 아름다운 자연풍광은 말할 것도 없지만, 그 나라 버스 기사들의 서비스 정신은 선진국으로 도약하는 우리나라가 반드시 본받아야 할 숙제인 것으로 여겨진다.

철저한 직업 정신은 '손님을 왕으로 모시는' 직업 윤리관을 실천에 옮긴 직업인들이다. 오로지 두 사람의 손님을 대형버스에 모시어 목적지까지 모셔다 주는 친절함은 오래도록 잊지 못할 캐나다의 귀중한 추억을 심고 왔다.

아마도 오랜 세월이 지난 지금쯤 지구 온난화로 아름다운 설산들이 많이 녹아내렸다니 내 생전에 그 신비스러운 모습은 다시 보기 불가능할 것 같은 예감에 안타깝다.

여행이란! 진정 삶의 일부이며, 꿈이며 추억이다.
세월은 가도 추억은 영원히 남듯이!

반세기 전 미국 유학 분투기

두려움 없던 젊은 시절

내 나이 80대 중반. 삶은 축복임을 감사하며 지난 60여 년 전 미국에서 고학으로 버텨낸 유학 분투기를 쓰려니 아련한 회상에 잠기며 만감이 서린다.

1950년대 중반 한국동란으로 황폐된 서울 거리. 포성은 멈췄지만 폭격으로 잿더미가 되어 모두가 삭막하였던 전시 체제하에서 그 당시 젊은이들은 전쟁으로 중단되었던 학업에 매진하며 향학열에 불탔었다.

부산 피난시절에는 판잣집 같은 간이 건물에서 학생들은 불만 없이 중학교, 고등학교 과정을 수료했으며 서울 환도 후에는 다행히 폭격을 당하지 않은 빈 학교 건물이 남아있으면 각각 서부연합중학교, 동부연합중학교란 명칭을 붙여 그 건물에서 수업할 수 있는 기회를 얻을 수 있는 것이 수복된 서울 학생들의 환경이었다.

그들 나름대로 뜻을 가진 학생들은 대학 진학도 하고 미국 유학도 갔으니 후일 그분들 유능한 인재들이 공부하고 돌아와 폐허가 된 이 땅을 재건하였으며 세계 경제 대국 대한민국을 건설한 주춧돌이 되었음을 부인할 수 없다. 다행히 미국 정부에서 저개발국가 학생들에게 주는 각종 장학금의 특혜가 있었다. 한미 재단이나 풀브라이트 재단 또는 각종 기독교 재단에서 주는 프로그램으로 까다로운 선발 과정을 거쳐 전 장학금(full scholarship)을 받은 그 시대가 지원해준 크나큰 행운아들이었다.

나도 부모님 몰래 혼자 준비하여 한미 재단에서 선발하여 후원하는 미국 기독교 학교로 전액 장학금을 받고 갈 수 있는 행운을 얻었다. 하지만 미국까지 가는 비행기표와 배표를 마련해 줄 수 없는 집안 사정을 알면서 무슨 용감한 사고를 저질렀는지? 오로지 젊음의 용기와 의지 하나로 버텼던 20대의 나를 회상하면 지금도 웃음이 절로 나온다. 사방팔방으로 수소문하여 미8군에서 전시 물품을 운반하는 수송선에 나를 포함한 몇 명의 유학생을 무료로 승선시켜준다는 연락을 받았다.

그때의 하늘을 날 듯한 기쁨은 말로 표현할 수가 없었다.
온 산야가 녹음이 짙어지던 1957년 6월 초여름 청운의 뜻을 품고 유학길에 오를 때 부산항에서 떠나는 미군용 수송선 기적 소리는 나의 장도를 축하해 주는 세레나데로 들렸다. 배는 검푸른 태평양을 힘차게 항해하며 새하얀 거품을 쏟아내며 전진하는 것을 배 위에 올라가 바라보며 집에 계신 부모님 생각에 눈시울이 앞을 가렸다. 난생처음 타보는 이 요란한 배. 모든 것이 신기하고 배에서 제공하는 음식도 나에게는 너무 맛있고 황홀하기만 하였다.

약 2주간의 항해 끝에 저 멀리 샌프란시스코의 그림같이 아름다운 항구가 보일 때 아! 내가 지금 서 있는 이곳이 꿈인가? 생시인가? 하는 착각과 감동에 멍하니 바라만 보고 있었다. 배는 예인선에 의해 항구까지 예인된 후 미국 세관원들이 배 위로 함께 올라와 우리들에게 몇가지 심사와 입국 수속을 마친 후 그동안 정들었던 선원들에게 고맙고 감사한 인사를 하니 갑자기 눈물이 핑 돌아 왠지 부끄러워 작별 인사도 제대로 하지 못하고 하선하였다.

배에서 하선하여 배 위를 올려다 보니 그때까지 선원들은 우리를 향하여 손을 흔들고 있었다.

배에서 동고동락하며 2주간 함께 지냈던 다른 유학생들과는 후일에 다시 만날 것을 약속하고 각자 자기가 갈 학교로 가야 하기에 샌프란시스코 항에서 헤어져야만 했다. 내가 입학할 대학은 미국 동남부에 위치한 노스캐롤라이나주 Asheville College이며 비행기 값이 버스값의 두 배 비싸기에 이제부터 나는 유학생이 아니고 고학생이라는 마음가짐으로 한 푼이라도 아끼려고 '그레이 하운드' 대륙횡단 고속버스를 택했다. 비행기로 가면 약 5시간 걸리고 버스로 가면 밤 낮 없이 일주일 걸리는 힘들고 지루한 거리다.

광활한 미국 대륙횡단(남쪽으로 텍사스, 테네시, 미시시피, 아리조나, 루이지애 나, 노스캐롤라이나) 넓고 넓은 미국 대륙을 남쪽으로 7박 8일을 낮에는 작열하는 태양을 안고 밤낮으로 달리고 버텨냈던 모험과 용기를 생 각하면 지금도 내 자신에게 박수를 보내고 싶다. 천신만고 끝에 학 교에 도착하여 교수님과 먼저 유학온 한국 유학생들의 친절한 환영 을 받으며 배정 받은 기숙사에 들어가 짐을 풀으니 맥이 풀리며 쓰 러질 것만 같았다.

며칠 후부터 새 학기가 시작되어 약간의 두려움과 설레움을 안 고 미국에서의 대학 생활을 시작하였다. 나에게 주어진 과제는 'Working Scholarship'이라고 일하면서 학비 일부를 보태는 것인 데 영어도 익숙지 못한 나에게는 정말로 뼈를 깎는 학업이었다. 밤 10시만 되면 기숙사 전등은 다 끄는데 외국 학생들은 좀 더 공부를 해야만 그들을 따라갈 수 있기에 화장실에 몰래 들어가 불빛이 새어 나오지 않게 막고 밤새 코피를 흘리며 죽기 아니면 살기로 열심히 공부를 하였다.

어느 정도 대학 강의도 알아듣고 논문도 자유롭게 쓰며 공부할 수 있다고 자신할 때쯤 더 힘든 고통과 외로움이 찾아왔으니 다름 아닌 향수병이었다. 크리스마스 때나 명절 때가 되면 미국 학생들은 다 집으로 돌아가고 기숙사는 외국 학생들만 남아 있었다. 나는 홀로 외로움에 지쳐 고국에 계신 부모님과 형제들 생각에 얼마나 울었는지? 그럴 때마다 학교 뒷산에 올라 저녁 노을의 아름다움과 옆에 있는 학교 교회에 들어가 두손 모아 간절히 기도하고 나면 마음의 위안과 평화가 찾아왔다. 진정 내 젊은 날의 꿈과 희망과 위안을 안겨 주었던 노스캐롤라이나에서 피어났던 아련한 추억의 한 시절이었다.

지금도 가끔 눈 감으면 무지개 빛처럼 아름다웠던 미국의 한 시골 대학교 캠퍼스가 눈에 아른거린다. 그림 같은 언덕 위에 교회 종소리와 함께 일어나 새벽 공기를 마시며 교회로 향하던 내 젊었던 시절. 하느님과 함께 하였던 믿음이 있었기에 힘들었던 유학 초기에 공부를 견뎌낼 수 있음에 감사한다.

애쉬빌 대학은 한국의 전문대학(junior college)이고 어렵게 미국 유학 온 바에야 도시로 나가 4년제 대학을 마치고 귀국하는 것이 나의 희망이었다. 이왕 여기까지 왔으니 끝까지 노력해보자는 결심으로 도시에 있는 여러 대학으로 입학허가와 장학금 신청을 해 보았다. 다행히 뉴욕에 있는 모 대학에서 학비만 주는 장학금(tuition scholarship)을 준다는 연락이 왔다.

마음속은 그 대학으로 가기로 결정 하였지만 비싼 뉴욕 생활비를 (기숙사도 제공해주지 않는 조건임) 어떻게 충당할까? 앞이 캄캄하였다. 진짜 고생은 이제부터다. 미국에서의 고학은 이제부터라고 생각하니 자신이 없어지며 다시 짐싸고 부모님이 계시는 한국으로 돌아갈까 수 없는 밤을 지새우다 결정을 내렸다. "하다 지쳐 쓰러지면 어떠랴!"

어디 한번 죽을 만큼 도전해보자는 마음가짐으로 2년 동안 정들었던 애쉬빌 대학을 졸업과 동시에 뉴욕행 버스에 올라탔다.

"알바생의 비애"

다행히 한국에서부터 알고 지냈으며 뉴욕에 먼저 와서 자리 잡고 있는 친구에게 부탁하여 원룸을 구해놓고 친구가 버스 터미널에 마중 나와 우선 그 친구 방으로 가서 오랜만에 김치와 밥을 얻어먹으니 살 것만 같았다.

미국대학은 방학이 5월 중순부터 9월 초까지 4개월가량 긴 여름방학을 열심히 직업을 찾아 일하면 1년 생활비를 벌어 아껴 쓰면 충당할 수 있다는 친구의 말에 힘이 생기는 것 같았다.

학교는 9월부터 개강이니 학교에 찾아가 등록하고 학과장님께 인사하고 돌아왔다. 그다음 날부터 직업 찾기에 매진하며 신문에 난

구직난과 직업소개소를 통해 알아봤지만 나 같은 초보자는 만만치 않았다. 하늘이 무너져도 솟아날 구멍은 있다는 속담처럼 이 넓은 뉴욕 바닥에 할 일이 없을까 하는 야무진 마음으로 힘내 보았다.

제일 먼저 찾은 곳은 베이비시터 소개받고 찾아간 곳은 한국 부부의 2살 된 남자아기. 쉬운 줄만 알았던 아기 보기가 이렇게 힘들 줄이야! 한참 에너지를 쓰면서 자라나는 아이가 잠시도 가만 있지 않고 몸을 움직이며 뛰어노니 아이보다가 내가 먼저 지쳐 쓰러질 것 같았다. 일주일 만에 아기 보는 일은 그만두었다.

두 번째 찾아간 직업은 신문 구직난에 병원 aid nurse(간호 보조원). 무슨 직업인지도 모르고 찾아간 곳은 요즈음 우리나라 요양병원 같은 곳이었다. 입구에 들어서면서 역겨운 냄새가 나를 자극하여 그냥 돌아갈까 망설이다가 병원 사무실로 들어갔다.

나에게 배당된 임무는 지금도 기억나는 409호 4층 9호실 한방에 4명의 할머니를 하루 종일 돌보아 주는 일이다. 할머니 4명을 다 씻겨주고 식사 먹여주고 대소변 받아주는 일. 다른 것은 다 할 수 있는데 대소변 시중만은 못해서 또 일주일 만에 그만두었다.

가진 게 눈물뿐이던 서러웠던 유학 시절
낯선 외국어만큼 그지없이 막막하였다.

꿈 하나 앞세워 나선 불면의 바다 한가운데서

오뚝이처럼 일어서려 발버둥 쳐보았다.

그날밤 집에 돌아와 밤새 눈이 붓도록 울면서 이렇게 살기 힘든 것인가 하는 회의를 느끼며 몇 날 며칠 방에 누워만 있었다. 다시 힘을 내어 찾아간 곳은 뉴욕 중심가에 있는 직업소개소. 그곳에서 소개한 곳은 맨하탄 중심가에 있는 유명한 호텔에 있는 중국 음식점. 화려하고 우아한 품위 있어 보이는 중식당.

인상 좋은 매니저를 만난 나는 학생이며 경험도 없지만 일을 열심히 하겠다고 당돌하게 말하니 그분이 깜찍하고 영리해 보이는 동양 여성에게 믿음이 갔는지 일하게 하여 주었다.

며칠간의 웨이트레스 훈련을 받은 후 직접 손님을 받으니 그런대로 할만한 직업이었다. 팁의 나라 미국에서는 음식값의 약 15%를 받으니 그 팁은 온전히 내 몫이어서 수입도 괜찮아 할만하였다. 앞으로 약 3개월 대학강의 시작할 때까지 열심히 벌면 그런대로 생활비는 충당할 것 같아 한숨을 돌렸다. 눈물 젖은 빵을 먹지 않고는 인생을 말하지 말라는 어느 철학자의 말처럼 그동안 힘들었던 고생이 한순간 내 삶의 귀중한 교훈이 된 것에 감사한다.

이제 9월이 되어 학교에 돌아가 공부에 매진하여야겠다. 내가 공부해야 할 전공은 도서관학과(library science)이며 대학 3학년으로 편

입할 수 있었다. 물론 나만 열심히 하면 공부는 그다지 힘들지는 않았다. 애쉬빌 대학교에서의 강훈련과 그동안 닦아놓았던 내 영어 실력에 자신만만하였다.

"나에게도 이런 환희의 날이 올 줄이야"

어느덧 미국 학창 시절의 마지막 여름 방학을 맞이하여 다음 학기 생활비를 조달하기 위해 또 다른 직업을 찾아야 했다. 이번 여름 방학에는 좀 더 차원이 다른 직업을 찾아야겠다고 마음먹던 중 뉴욕 롱 아일랜드에 사는 친척 언니 호기숙 아나운서에게서 나를 만나자고 연락이 왔다. 호기숙 아나운서는 대한민국 건국 초기 전설의 여자 아나운서 1호이다.

TV도 없고 라디오만 있었던 조선 중앙 방송국에서 유명하고 쟁쟁하였던 전설적인 여자 아나운서 1호. 미모와 재능을 겸비한 그 시절 누구나 부러워하였던 여성들의 로망이었다. 그 후 워싱톤 특파원과 결혼 후 미국의 소리 방송에서 근무하며 새벽마다 낭랑한 목소리로 고국에 소식 전하던 나의 로망 1호인 호기숙 언니.

언니가 나를 보자고 하여 갔더니 자기는 출산 휴가를 1년 하기에 그 자리에 나를 추천하여 주겠다고 한다. 물론 고마운 마음으로 쾌히 승낙하고 워싱톤에 있는 Voice of America(미국의 소리) 방송국으로 찾아갔다. 나는 왠지 자신만만하였다. 고등학교 때 웅변대회에만 나가면 1등을 하고 주위에서 내 목소리가 꾀꼬리 같다고 칭찬을 많이 받았기에 조금만 훈련받고 연습을 하면 할 수 있다는 자신감이 있었다. 물론 언니의 전화와 좋은 추천을 받았는지 나의 상사될 국장님은 아주 친절하게 나를 맞이해 주었다. 그 자리에서 몇 가지 인터뷰와 테스트를 받은 후 약 2주간의 방송 훈련을 받고 현장에 투입되었다.

아! 나에게도 이런 환희의 날이 올 줄이야! 꿈만 같았다.

"고국에 계신 동포 여러분 안녕하십니까? 여기는 미국의 소리 방송입니다." Voice of America입니다…… 얼마나 흥분되고 감동하였던 순간이었나! 신은 반드시 존재하며 나를 사랑한다. 소녀 시절부터 동경하였던 아나운서의 꿈. 당당하게 마이크를 잡고 아침마다 고국에 계신 동포들에게 소식 전하였던 65년 전 미국의 소리 방송 아나운서 호명자.

나에게 이런 기적 같은 기회를 주신 하느님께 수없이 감사기도 드렸다 이 설렘과 감동으로 진한 여운을 남겨주며 그 후로 나의 인생 길은 탄탄 대로를 걸어 왔으며 나 자신 상류 사회로 진입한 듯한 자신감에 넘쳐 미국 생활의 후반기는 나름대로 만족하고 행복하게 지냈다.

하지만 나는 학업을 마치고 한국에 돌아와야만 했다. 더 공부를 계속하고 직장 생활도 계속하고 싶었지만 한국에는 오랜 세월 마음속으로 함께 하였던 남자 친구가 있었기에 내가 학업을 마치고 돌아오길 애타게 기다리고 있었다.

내가 힘들었던 유학 생활을 버티고 이겨낼 수 있었던 것도 그분의 정신적 마음속으로 후원해 준 덕분이기에 이제는 그분의 뜻을 따라 귀국하여 결혼하기로 결정 하였다.

그분 역시 국방의 의무인 군의관도 마치고 대학 병원에서 수련의를 하고 있으니 내가 귀국 후 결혼하여 미국 유학 가서 공부(박사학위)도 더 하고 싶다는 포부도 갖고 있었다.

훗날 내가 전공한 도서관학과가 그의 미국 유학 공부를 하는데 도움이 될 줄이야… 애들 아버지와 같은 미시간대학교 중앙도서관에서 librarian으로 일하며 유학비와 생활비에 보탬이 되었다.

아마도 요즈음 젊은 세대들은 내 글을 읽으며 픽 웃을 것이다. 호랑이 담배 피우던 시절 이야기 한다고. 하지만 지금의 할머니 할아버지 세대들은 지나온 고난의 역경을 뚫고 열심히 살아온 모두가 인생 선배인 인간 승리자들이라고 높이 평가해 주고 싶다.

달빛 가슴에 품고

초판인쇄 | 2023년 11월 15일
초판발행 | 2023년 11월 22일

지은이 | 호명자·김희정
펴낸이 | 서영애
펴낸곳 | 대양미디어

04559 서울시 중구 퇴계로45길 22-6(일호빌딩) 602호
전화 | (02)2276-0078
팩스 | (02)2267-7888

ISBN 979-11-6072-121-8 03810

값 15,000원